Edgar Allan Poe

Os assassinatos da rua Morgue

Prefácio, tradução e notas
Mara Ferreira Jardim

Ilustrações
Luciano Irrthum

☀ PeirópoliS

Copyright © 2017 Mara Ferreira Jardim

Editora
Renata Farhat Borges

Editora convidada
Susana Ventura

Editoras assistentes
Lilian Scutti e Carla Arbex

Ilustrações
Luciano Irrthum

Revisão
Hugo Otávio Cruz Reis
Alyne Azuma

Diagramação
Print House Design

1ª Edição, 2017 – 1ª reimpressão, 2021.

Dados Internacionais de Catalogação na Publicação (CIP)
Angélica Ilacqua CRB-8/7057

Poe, Edgar Allan, 1809-1849
    Os assassinatos da rua Morgue / Edgar Allan Poe; tradução de Mara Ferreira Jardim; ilustrações de Luciano Irrthum
    São Paulo: Peirópolis, 2017.
    88 p. : il. ; 13cm x 18cm. – (Clássicos de bolso)
    Inclui índice e bibliografia.

    ISBN: 978-85-7596-348-7
    Título otiginal: The Murders in the Rue Morgue
    1. Literatura estadunidense. 2. Conto 3. Ficção Policial 4. Crime
    5. Mistério

    14-0420 CDD 813

Índices para catálogo sistemático: 1. Literatura estadunidense

Disponível em e-book nos formatos KF8 (ISBN 978-85-7596-520-7) e ePub (ISBN 978-85-7596-519-1)

Editora Peirópolis Ltda
Rua Girassol, 310f Vila Madalena
05433-000 São Paulo SP
Tel.: 55 11 3816 0699
vendas@editorapeiropolis.com.br
www.editorapeiropolis.com.br

POE E O CONTO POLICIAL

"Os assassinatos da rua Morgue", conto de Edgar Allan Poe publicado em 1841, é considerado o primeiro conto policial moderno. Histórias de crimes, mistérios e assassinatos sempre fascinaram ouvintes e leitores e existem desde os primórdios da literatura. No antigo Egito, por exemplo, circulava um conto que, por seus elementos de mistério, poderia ser apontado como um conto policial: "A história de Rampsinitos".[1] E é sem sombra de dúvida que *Édipo Rei*, a tragédia grega de Sófocles, encenada pela primeira vez por volta de 430 a.C., contém, em seu enredo, todos os passos de um texto policial: um crime, uma investigação e a descoberta do assassino. Por isso, ao dizer que Poe é o autor do primeiro conto policial, não podemos deixar de ressaltar que estamos nos referindo ao conto policial *moderno*. Nesse tipo de gênero literário, o foco remete ao processo de elucidação do crime, tarefa geralmente a cargo de um detetive, seja ele profissional ou amador. Assim, Poe cria a figura de Auguste Dupin,

---

1. HOLANDA, Aurélio Buarque; RÓNAI, Paulo (org.). "O conto egípcio: A história de Rampsinitos". In: *Mar de histórias*: antologia do conto mundial: das origens ao fim da Idade Média. Rio de Janeiro: Nova Fronteira, 1980. p. 29. (Mar de histórias, v. 1).

cavalheiro de grande cultura e pertencente a uma ilustre família francesa, mas, ao mesmo tempo, um homem de hábitos esquisitos, adepto da reclusão e apreciador da noite. A qualidade maior de Dupin, entretanto, é seu poder de análise, sua capacidade de observação, que lhe permite desvendar mistérios não elucidados pelos métodos tradicionais da polícia. Em "Os assassinatos da rua Morgue" Dupin é apresentado aos leitores através da figura de um narrador que não se identifica e que acompanha o personagem em suas andanças pelas ruas de Paris, observando detalhes não vistos pelos outros, e que o levam à descoberta do assassino. O enredo se desenvolve a partir da notícia, lida no jornal, da morte violenta de duas mulheres, passando pela atenção dada ao depoimento de várias testemunhas e pela observação direta do local do crime. Por meio de sua capacidade observadora e analítica, Dupin chega facilmente à solução do enigma que parecia indecifrável.

Alguns anos mais tarde, Arthur Conan Doyle, inspirado em Dupin e em seu companheiro, cria o detetive Sherlock Holmes e o fiel "escudeiro", Dr. Watson, dupla consagrada em vários livros e hoje popularizada pelo cinema. As técnicas dedutivas usadas por Holmes, bem como por Hercule Poirot, detetive imortalizado pela escritora Agatha Christie, são da mesma natureza das que fazem que

Auguste Dupin solucione seus mistérios.

O personagem vai aparecer em mais dois contos do autor, "O mistério de Maria Rogêt" e "A carta roubada". A fórmula é sempre a mesma: tanto o narrador quanto o leitor são mantidos em *suspense*, enquanto Dupin vai aos poucos desvendando os crimes e chegando, com facilidade, à solução do problema, coisa que nem polícia, nem narrador, nem leitor são capazes de fazer.

Edgar Allan Poe, o "inventor" desse tipo de aventura, é mais conhecido hoje por suas histórias de terror, em que mergulha nos labirintos de cérebros doentios, criando personagens neuróticas e alucinadas, cuja lógica, de forma paradoxal, é regida pela irrealidade. Seus contos lidam com o lado obscuro da alma humana, com o "outro" que se esconde dentro de cada um de nós, e estão repletos de elementos de horror e morte. Essa obsessão pelos desvios da natureza humana vai ser responsável por sua fama de "escritor maldito" e, também, pelo surgimento de biografias que o apresentam como um homem atormentado por perdas pessoais, críticas, problemas financeiros e afetivos, alcoolismo, abuso de drogas e cuja vida teria sido um horror comparável ao horror enfrentado por seus personagens. A biografia de Poe tem características de um romance com lances de mistério e de enigmas sem respostas.

Nascido em Boston, em 1809, filho de um casal de

atores, Eliza Hopkins Poe e David Poe Jr, o pequeno Edgar foi abalado pela morte da mãe e pelo desaparecimento de seu pai antes de completar três anos. Adotado por John e Frances Allan, o menino foi viver em Richmond, Virgínia. Sua infância foi marcada pelo amor da mãe adotiva, que nunca teve filhos, e pela indiferença de um pai, que nunca o adotou formalmente, mas que, entretanto, propiciou-lhe excelente educação, tanto na América como na Inglaterra, onde os Allan residiram por um período de cinco anos, entre 1815 e 1820.

Ao retornar com a família para os Estados Unidos, aos 11 anos, Poe já demonstrava uma inteligência superior e um caráter imaginativo e curioso. Além disso, nadava e praticava salto em distância, o que, somado a uma natureza amável, lhe conferia certa notoriedade entre seus colegas.

Shelley Bloomfield, que se dedica no presente ao estudo da vida e da obra de Poe, diz que, por volta dos 15 anos, ele entrou em contato com os ideais românticos de Byron, Keats e Shelley. Conta-nos a biógrafa:

> Com o grego e o latim que aprendera na Inglaterra (e continuava aprendendo em Richmond), ele lia histórias sobre os feitos dos heróis gregos e romanos. Com a "nova" poesia romântica de Byron, Shelley e Keats,

tinha visões de um individualismo extravagante. Classicista? Romântico? Outra coisa? Novas influências poderosas infiltravam-se no adolescente Poe e, enquanto continuava a brilhar na escola, ele também começava a entrever possibilidades de ter criações próprias.[2]

Com o passar do tempo, os desentendimentos entre Edgar e seu pai adotivo, John Allan, agravaram-se. Allan achava que o garoto era mal-humorado e genioso. Por essa época, Poe se apaixona pela primeira vez por uma mulher bem mais velha, mãe de um de seus colegas de escola. Ela era casada e, por isso, tratava-se de um amor inatingível. Mas Jane (esse era seu nome) tinha um real interesse por ele e acreditava em sua potencialidade, sendo sua confidente e protetora. Poe sentia-se carente de afeição, e essa relação dava-lhe conforto emocional. Ainda que sua mãe adotiva o mimasse, a indiferença do pai o magoava profundamente. Por isso, a morte prematura de Jane, quando Edgar tem quinze anos, vai atingi-lo, despertando nele uma melancolia que persistiria na idade adulta.

---

2. BLOOMFIELD, Shelley Costa. *O livro completo de Edgar Allan Poe:* a vida, a época e a obra de um gênio atormentado. São Paulo: Madras, 2008. p. 35-36. Parte dos dados biográficos de Poe utilizados nessas reflexões foram pesquisados na obra dessa autora.

Poe tinha 17 anos quando, em 1826, matriculou-se na recém-fundada Universidade da Virgínia, onde logo se destacou como o primeiro da classe, obtendo distinção em Francês e Latim. Além disso, era também atleta e poeta. Sobretudo, apesar do mau relacionamento com John Allan, o jovem deixou circular a história de que era seu filho adotivo e herdeiro. Entretanto, John Allan, que havia recebido uma grande fortuna em virtude da morte de um tio fazia pouco tempo, recusava-se a dar a mesada que Poe considerava necessária para pagar os estudos e conviver com seus colegas, a maioria filhos de grandes fazendeiros. Para manter seu *status*, comprou roupas caras e contratou um pajem pessoal, passando a viver acima de suas possibilidades econômicas. Sem conseguir pagar suas contas, Poe começou a beber e a jogar, contraindo uma dívida de mais de 2 mil dólares. John Allan recusou-se a pagar essa dívida e a continuar financiando sua educação, o que fez Edgar abandonar a Universidade, menos de um ano após seu ingresso.

Durante dois meses, talvez numa tentativa de reconquistar o apoio do pai adotivo, Poe trabalhou no escritório de contabilidade de Allan. Mas a incompatibilidade entre os dois era evidente, e Edgar saiu de casa, indo viver com alguns amigos e, logo em seguida, partindo para Boston.

Levava uma pequena quantia em dinheiro que lhe fora dada por Frances Allan.

Boston, naquela época, era uma espécie de capital intelectual dos Estados Unidos e, portanto, o lugar ideal para acolher o jovem candidato a poeta. Quatro meses após sua chegada à cidade, um editor local publicou seu primeiro livro de poesias: *Tamerlane e outros poemas*. Tratava-se de um livro pequeno, de 40 páginas, e a edição não ultrapassou 200 exemplares, mas seu autor tinha apenas 18 anos e orgulhava-se do que lhe parecia ser o início de uma carreira literária de sucesso.

Para sobreviver financeiramente, Poe havia se alistado no Exército dos Estados Unidos, usando um nome falso e mentindo a respeito da idade. Tendo apenas 18 anos, necessitava da autorização paterna para engajar-se no serviço militar, mas, em virtude do recente rompimento com Allan, o jovem não queria recorrer a ele.

Entretanto, tendo progredido no exército, Edgar voltou a entrar em contato com a família. Durante dois anos, trocou várias cartas com os Allan. Por essa época, Frances Allan adoeceu gravemente. Já havia muito tempo que a mãe adotiva de Poe não gozava de boa saúde, mas em fevereiro de 1829 ficou evidente que ela estava morrendo. Ela pediu ao marido que chamasse o filho, pois queria vê-lo pela última vez. Mas John

Allan demorou-se a atender a esse apelo e, quando finalmente Poe foi avisado de seu funeral, ela já tinha sido enterrada.

A morte de Frances só fez piorar o péssimo relacionamento entre pai e filho. Uma última tentativa de reconciliação deu-se quando Poe resolveu abandonar o exército e ingressar na academia de West Point. John Allan, na ocasião, apoiou a iniciativa do jovem e, graças a sua ajuda financeira e suas amizades influentes, Poe obteve sua admissão na rígida academia militar.

Porém, um segundo casamento de John Allan, que acabou com as esperanças de Poe de um dia receber uma parte da herança do pai adotivo, resultou no rompimento definitivo dos tênues laços que ainda os ligavam. O cadete Poe decidiu, então, que, sem perspectiva de herança, o Exército não seria uma opção viável. Como não era possível abandonar West Point sem um bom motivo, o jovem tratou de conseguir sua expulsão da Academia, quebrando algumas regras que incluíam o comparecimento a aulas, exercícios e formações militares, e frequência à igreja.

A partir dessa época, Poe passa a viver como escritor profissional, o primeiro a tentar tal aventura nos Estados Unidos. Nessa tentativa, foi fundamental o reencontro com membros da família Poe, que o acolheram e lhe deram apoio incondicional. Ele vai para Baltimore, onde, no andar de cima de uma pequena casa, viviam amontoados sua avó paterna, Elizabeth Poe, seu irmão, William Henry Poe, que morava com a avó desde que Edgar fora adotado pelos Allan, sua tia, Maria Clem, e seus dois filhos pequenos, Virginia e Henry. A esse grupo juntou-se Edgar, com vinte e um anos, sentindo, pela primeira vez, que tinha uma família. Sua tia era uma mulher forte e trabalhadora, que acreditava no talento do sobrinho e lhe oferecia apoio econômico e afetivo.

Precisando ganhar a vida, Poe foi trabalhar como editor de uma revista literária, em Richmond. Nesse cargo, tendo que revisar as obras novas que lhe chegavam às mãos, começou a desenvolver teorias críticas e a escrever ensaios em que aplaudia os que considerava bons escritores e derrubava os medíocres. Embora sendo bem-sucedido em suas funções, Poe acabou perdendo o emprego em virtude de sua insatisfação com o salário e da contrariedade de seu chefe com seus problemas ocasionais com o álcool.

Após uma curta estadia em Nova York, os Poe passaram a morar na Filadélfia, onde viveram de 1838 a 1844. A cidade, naquele período, era um espaço de grande progresso, um cadinho de invenções, inovações, atividades e crenças visionárias. Poe entusiasmava-se com as novidades de seu tempo, tendo, inclusive, se interessado pela frenologia, uma teoria que alegava ser possível descobrir o caráter de uma pessoa a partir do estudo das dimensões de seu cérebro.

Foi ali que Poe escreveu alguns de seus melhores contos, inventou a história policial moderna e deu continuidade às atividades de crítico literário. Tornou-se, também, um dos editores do *Gentleman's Magazine* que mais tarde veio a chamar-se *Graham's Magazine*. A essa altura, já estava casado com sua prima Virgínia. Eles uniram-se em 1835, numa cerimônia secreta, pois, ao que tudo indica, alguns membros da família faziam objeções a esse relacionamento, não por causa da pouca idade da noiva, que era uma adolescente de apenas treze anos, mas pela impropriedade da escolha que ela fizera.

Em que pese seu sucesso como editor — conseguia aumentar a circulação das revistas para as quais trabalhava — e o salário razoável que recebia por seu trabalho, Edgar estava descontente com as concessões que era obrigado a fazer, publicando textos de menor qualidade mas que, agradando aos leitores menos exigentes, aumentavam a vendagem da revista. Por fim, ele demitiu-se, transferindo-se com a esposa e a sogra para Nova York. Lá, mais uma vez trabalhou como coeditor do *Evening Mirror*, onde "O corvo", seu mais célebre poema, foi publicado pela primeira vez. Depois, transferiu-se para o *Broadway Journal* até 1846, quando decidiu editar sua própria revista literária.

Infelizmente, faltavam a Poe os recursos econômicos e

diplomáticos necessários para levar adiante o empreendimento planejado. Além disso, a saúde de Virgínia, que começara a deteriorar-se a partir de 1842, inspirava cuidados, e ele precisava ganhar dinheiro para pagar as contas e dar a Virgínia a vida saudável que os médicos recomendavam.

Para sobreviver, Poe costumava protagonizar encontros literários em que atuava como palestrante, discorrendo sobre prosa e poesia. Entretanto, uma atuação desastrosa em 1845, em Boston, decretou a queda de sua reputação como conferencista.

No início de 1847, quando Virgínia vem a falecer, vítima de tuberculose, o casal enfrentava uma situação de grande miséria, e a jovem, de apenas 25 anos, foi enterrada com roupas doadas por uma amiga do casal. O desespero que tomou conta de Poe após a morte da esposa não impediu que ele buscasse novos relacionamentos, todos fracassados. No final de sua vida, o escritor reencontrou Sarah Elmira Royster, que na juventude fora sua noiva por um breve período. Vinte anos depois, viúva como Poe, e transformada em uma mulher madura e rica, Elmira, apesar da ameaça de perder a propriedade deixada por seu marido e dos rumores a respeito da má reputação do poeta, concordou em casar com ele. No entanto, dois meses após o noivado, Poe morreu.

Como já dissemos, a vida de Edgar Allan Poe constitui-se num romance cujo mistério final provavelmente jamais será desvendado. Falando sobre as questões que culminaram na sua morte, Shelley Bloomfield, diz:

> Foi assassinato. Foi epilepsia. Foi diabetes. Foi o coração. Foi raiva. Foi dipsomania, hipoglicemia, *delirium tremens* causado por um caso grave de alcoolismo. Nas dezesseis décadas desde a morte de Poe, o fato de que o estranho e inconclusivo caso de sua doença fatal apareça ainda em biografias e periódicos de medicina parece conveniente para o pai da história de detetives.[3]

O que se sabe sobre os últimos dias de Poe, em Baltimore, baseia-se no relato do amigo Joseph Snodgrass que, avisado por alguém que reconhecera o poeta caído sobre um banco e em aparente estado de inconsciência, foi encontrá-lo em uma taverna, com um ar ausente e desgrenhado. Segundo Snodgrass, Poe trajava roupas miseráveis, de má qualidade, gastas, que quase não cabiam nele e que provavelmente não eram suas. Ele achou que o amigo estava embriagado e levou-o para o Washington Hospital, onde Poe faleceu no dia 7 de outubro de 1849 sem recobrar a consciência. O registro hospitalar aponta uma congestão cerebral como causa do óbito. Mas o fato de o corpo não ter sido autopsiado faz com que o mistério de sua morte continue

---
3. Ibid., p. 130.

sendo investigado por estudiosos, biógrafos e médicos.

Shelley Bloomfield chama nossa atenção para o fato de que as experiências de Poe com álcool e láudano só foram alvo de especulações após sua morte. E que descrições de Poe como um louco e um demônio são fruto das manipulações de Rufus Griswold, executor do testamento literário do escritor e seu primeiro biógrafo. As palavras de Griswold foram aceitas como verdadeiras, e a imagem de Poe acabou sendo manchada para sempre.

Durante sua curta vida, Edgar Allan Poe escreveu vários poemas, contos, ensaios literários e somente uma narrativa mais longa, *A história de Arthur Gordon Pym*. A maioria dessas produções foi publicada em jornais e revistas da época.

O primeiro livro de Poe, *Tamerlane e outros poemas*, surge em 1827. Segue-se a publicação, em 1829, de *Al Aaraaf, Tamerlane, e poemas menores*. Por fim, em 1830, em *Contos do grotesco e do arabesco*, o escritor apresenta suas mais conhecidas e populares histórias de terror.

Há várias publicações das obras de Edgar Allan Poe no Brasil; a primeira integral e em português saiu pela Editora Globo, em Porto Alegre, em 1944.

Atualmente, o conto "Os assassinatos da rua Morgue" pode ser encontrado em português em várias antologias e publicações isoladas. Nesta nova tradução buscou-se manter a fidelidade ao texto original e tornar a leitura mais acessível a leitores jovens. Fiéis a essa opção, acrescentamos notas de rodapé, explicando o significado de expressões que no original estão em vários idiomas e elucidando algumas biografias e conceitos. O texto foi dividido graficamente em duas partes: a primeira, apresentada em itálico, traz o discurso introdutório do narrador, que faz digressões sobre a arte dedutiva. A segunda é a história em si, que vai ilustrar as reflexões iniciais.

Mara Ferreira Jardim

OS ASSASSINATOS DA RUA MORGUE

"Que cantigas cantavam as sereias, ou que nome Aquiles assumiu quando se escondeu entre as mulheres, ainda que sejam perguntas sem resposta, não estão fora de possíveis conjecturas."

Sir Thomas Browne

As características mentais consideradas analíticas não se prestam para análises. Nós as apreciamos apenas através de seus efeitos. Sabemos, também, que, entre outras coisas, elas são fonte de grande prazer para quem as possui em alto grau, ainda que desordenadamente. Assim como um homem dotado de força exulta com sua habilidade física, deliciando-se nos exercícios que põem seus músculos em ação, também o analista sente grande satisfação com a atividade mental de resolver questões. Ele tem prazer até mesmo em ocupações triviais, desde que possa exercitar seus talentos. Gosta de enigmas, charadas, hieróglifos, exibindo, em suas soluções, um grau de perspicácia que à primeira vista parece sobrenatural. Os resultados, obtidos através do raciocínio e da essência do método, têm, na verdade, um ar de intuição.

A faculdade de resolver enigmas é, provavelmente,

fortalecida pelo estudo da matemática, em especial por esse seu ramo mais importante que, inadequadamente, e apenas por causa de suas operações passadas, tem sido chamado, par excellence,[1] *de análise. Entretanto, calcular não é o mesmo que analisar. Um jogador de xadrez, por exemplo, efetua uma dessas operações, sem necessidade de esforçar-se com a outra. Segue-se que o jogo de xadrez é muito mal avaliado quanto a seus efeitos sobre a mente.*

Não estou, neste momento, querendo escrever um tratado, mas apenas prefaciando esta narrativa com algumas observações feitas ao acaso. Aproveitarei, portanto, a ocasião para afirmar que a força de uma inteligência reflexiva é mais decisiva e útil num simples jogo de damas do que no complicado jogo de xadrez. Neste último, em que as peças têm movimentos diferentes e bizarros e possuem valores variados e variáveis, confunde-se o que é apenas complexo (erro que não é raro) com algo mais profundo. A atenção é essencial no xadrez. Se o jogador se descuida por um instante, acaba cometendo um erro, o que resulta em perda de peças ou derrota.

---

1. Do francês: "por excelência". Na tradução, optamos por conservar as palavras e expressões escritas em outras línguas conforme o registro do autor, traduzindo-as em nota de rodapé.

Como os movimentos possíveis são numerosos e complicados, as chances de descuido são multiplicadas; e, nove em cada dez casos, o vencedor é o que consegue maior concentração, e não o mais habilidoso. No jogo de damas, ao contrário, em que os movimentos são únicos e pouco variados, as possibilidades de descuido são menores, e, como a atenção é menos requerida, as vantagens obtidas por cada jogador devem-se a uma habilidade mental superior.

Tentando ser mais objetivo — suponhamos um jogo de damas em que as peças estejam reduzidas a quatro damas, e, em que, portanto, não seja possível qualquer descuido. É obvio que, nesse caso, a vitória só pode ser decidida (considerando que os jogadores estão em iguais condições) pelo movimento recherché[2]*, resultante de um esforço de inteligência. Privado de recursos ordinários, o analista se coloca no lugar de seu oponente, identifica-se com ele e, não raro, vê, num momento, a única maneira (algumas vezes absurdamente simples) de levar seu oponente ao engano ou a um erro de cálculo.*

Há muito tempo que o whist[3] *é reconhecido pela influência que tem sobre o que chamamos de poder de cálculo.*

---

2. Do francês: "incomum, raro, hábil".
3. Do inglês: "jogo de cartas que antecedeu o *bridge*. Muito popular nos séculos XVIII e XIX, o *whist* (ou uíste, em português) era disputado por duas duplas de jogadores, cabendo treze cartas a cada um".

Homens de grande capacidade intelectual têm, aparentemente, experimentado grande prazer nesse jogo, descartando o xadrez, por considerá-lo frívolo. Não há dúvidas de que não há nada como o whist *para desenvolver a capacidade de análise. O melhor enxadrista do mundo pode ser apenas o melhor jogador de xadrez; mas a habilidade no jogo de* whist *implica uma capacidade para ser bem-sucedido em atividades importantes em que a inteligência enfrenta a inteligência. Quando falo em capacidade refiro-me ao desempenho no jogo que inclui a compreensão de todos os recursos que possam resultar em legítima vantagem. Estes não são apenas múltiplos, mas multiformes, e fazem parte, com muita frequência, dos pensamentos mais profundos, inacessíveis ao entendimento comum. Observar com atenção é lembrar distintamente; e, portanto, o enxadrista capaz de grande concentração vai se dar bem no* whist, *já que as regras de Hoyle[4] (baseadas no puro mecanismo do jogo) são fáceis de serem compreendidas. Assim, uma boa memória e a obediência às regras do jogo são vistas como qualidades de um bom jogador. Mas é nas questões que estão além dos limites das simples regras que a*

---

4. Edmond Hoyle (1672 — 1769) foi um escritor inglês que listou as regras oficiais de jogos de cartas, no seu livro *Breve tratado sobre o jogo de whist*, e, mais tarde, no livro *Jogos de Hoyle*, de 1746. A expressão "de acordo com Hoyle" passou, mais tarde, a significar "total concordância a regras e costumes".

habilidade do analista fica evidente. Ele realiza, em silêncio, um grande número de observações e inferências. Talvez seus companheiros façam o mesmo; e a diferença na quantidade de informações conseguidas está não tanto na validade da conclusão como na qualidade da observação. O necessário é saber o que observar. Nosso jogador não se limita apenas ao jogo, e, apesar de o jogo ser seu objetivo, não rejeita deduções externas a ele. Examina a fisionomia de seu parceiro, comparando-a cuidadosamente com a de cada um de seus adversários. Observa a distribuição das cartas em cada rodada, contando trunfo por trunfo e ponto por ponto a partir dos olhares lançados a elas pelos jogadores. Analisa todas as modificações que se operam no rosto de seus oponentes conforme o jogo progride, tirando conclusões através das diferenças de expressões dos seus companheiros: de segurança, surpresa, triunfo ou pesar. Pela maneira de um jogador comportar-se diante de um blefe, percebe se ele poderá blefar logo a seguir. Reconhece-se uma jogada maliciosa pela maneira como a carta é jogada na mesa. Uma palavra dita de forma casual ou inadvertida; a queda acidental de uma carta, ou a maneira como ela é virada, e a subsequente ansiedade ou indiferença em escondê-la; a contagem dos pontos e a classificação de cada jogador; embaraço, hesitação, ansiedade ou receio — tudo fornece, para essa pessoa de aparente percepção intuitiva, indicações do andamento do jogo. Depois das duas ou três primeiras jogadas ele já está em total controle do jogo de cada um e, daí em diante, lança suas cartas com tanta precisão como se estivesse vendo as dos outros jogadores.

O poder analítico não deveria ser confundido com uma simples habilidade, pois, enquanto o analista é necessariamente hábil, o homem hábil é, muitas vezes, tremendamente incapaz de analisar. O poder de construir ou de combinar, através do qual a engenhosidade geralmente se manifesta, e que os frenologistas[5] (acredito eu que de modo errôneo) atribuem a um órgão à parte, supondo que seja uma faculdade primitiva, tem sido visto com tanta frequência naqueles cuja inteligência aproxima-se da idiotice que atrai observações de quem se ocupa com temas morais. Entre engenhosidade e capacidade analítica existe, na verdade, uma diferença bem maior do que a que há entre fantasia e imaginação. Mas, ao mesmo tempo, essas habilidades têm um caráter bastante análogo. Vê-se, de fato, que os engenhosos são sempre imaginativos, enquanto o verdadeiramente imaginativo nunca deixa de ser analítico.

A história que se segue servirá ao leitor, de certa forma, como um comentário sobre as reflexões que foram até aqui apresentadas.

---

5. Aqueles que seguem os princípios da frenologia, doutrina segundo a qual cada faculdade mental se localiza em uma parte do córtex cerebral, e o tamanho de cada parte é diretamente proporcional ao desenvolvimento da faculdade correspondente, sendo esse tamanho indicado pela configuração externa do crânio.

Residindo em Paris durante a primavera e o verão de 18__, travei conhecimento com o sr. C. Auguste Dupin. Esse jovem provinha de uma excelente — na verdade de uma ilustre família que, devido a alguns acontecimentos desastrosos, ficara reduzida a tal grau de pobreza que a força de seu caráter sucumbira, e deixou de frequentar a sociedade ou de tentar recuperar seus bens. Por cortesia de seus credores, ele ainda conservou uma pequena parte de seu patrimônio; e da renda obtida, ele conseguia sobreviver, através de rigorosa economia, sem se preocupar com coisas supérfluas. Livros eram, na verdade, o seu único luxo, e em Paris eles são conseguidos com facilidade.

Nosso primeiro encontro ocorreu numa modesta livraria da rua Montmarte, quando o acaso de estarmos à procura do mesmo livro raro e extraordinário nos propiciou uma aproximação. Depois disso, nos encontramos várias vezes. Eu estava muito interessado na pequena história de sua família, que ele me contou em detalhes, com a franqueza que um francês mostra sempre que o assunto é ele mesmo. Eu estava espantado com a quantidade de livros que ele já lera; e, sobretudo, senti minha alma se inflamar com o imenso fervor e a grande vivacidade de sua imaginação. Na procura, em Paris, de objetos que eu então buscava, achei que a companhia de tal homem seria um tesouro sem preço para mim. E, com franqueza, revelei a ele esse sentimento. Por fim, resolvemos que deveríamos morar juntos durante minha estada na cidade; e como minha situação econômica fosse melhor que a dele, ele consentiu que eu alugasse e mobiliasse — num estilo que combinasse com nosso temperamento meio retraído — uma mansão velha, grotesca e em ruínas, havia muito desabitada em virtude de superstições sobre as quais não quisemos nos informar, num lugar distante e desolado do Faubourg St.-Germain.[6]

Se a rotina de nossa vida nessa casa fosse conhecida, seríamos considerados loucos — embora, quem sabe, de uma loucura mansa. Nossa reclusão era total. Não recebíamos

---

6. O Faubourg Saint-Germain é um bairro histórico de Paris. Durante os séculos XVII e XVIII, ali habitava a alta nobreza da França. Ainda hoje o local abriga ricas residências e hotéis.

visitas. Na verdade, até dos meus antigos amigos mantive em segredo o local de nosso "retiro"; e já fazia muitos anos que Dupin tinha deixado de procurar os outros ou de ser procurado em Paris. Vivíamos apenas para nós mesmos.

Uma das estranhas fantasias do meu amigo (pois de que outra maneira posso chamá-la?) era sua predileção pela Noite; e nessa atitude bizarra, como em todas as outras, eu o segui, entregando-me aos seus caprichos sem reclamar. A negra divindade nem sempre nos fazia companhia, mas podíamos fingir que ela estava presente. Ao primeiro clarão da manhã, fechávamos os pesados postigos de nossa casa e acendíamos um par de velas muito perfumadas, que lançavam apenas uma luz fraca e pálida. Com a ajuda dessas velas, mergulhávamos, então, em sonhos, lendo, escrevendo ou conversando, até que o relógio nos avisasse que a Escuridão verdadeira chegara. Então, saíamos pelas ruas, de braços dados, continuando as conversas do dia, ou vagando sem destino até tarde, procurando, entre as luzes e sombras da grande cidade, as inúmeras excitações mentais que a observação tranquila pode proporcionar.

Nessas ocasiões, eu não podia deixar de reparar e admirar (ainda que sua rica imaginação já tivesse me preparado para isso) uma habilidade analítica peculiar em Dupin. Ele também parecia ter um prazer especial em exercitar essa habilidade — ainda que não a pusesse em prática — e não hesitava em confessar a satisfação que daí lhe advinha. Gabava-se, com uma risadinha, que a maioria dos homens era, para ele, como janelas abertas, e acompanhava essa afirmativa com provas diretas e surpreendentes do seu conhecimento sobre minha pessoa. Sua conduta, nesses momentos, era fria e abstrata; seus olhos ficavam com uma expressão vazia; sua voz, que usualmente apresentava um rico timbre de tenor, tornava-se mais aguda e soaria de forma petulante, não fosse a ponderação e a completa segurança naquilo que dizia. Observando seu comportamento, muitas vezes meditei sobre a velha filosofia da "alma dupla"[7], e diverti-me a imaginar um duplo Dupin: o criativo e o analista.

Não se suponha, do que acabo de dizer, que estou imaginando algum mistério ou escrevendo um romance. O que descrevi desse francês não foi mais do que o resultado de uma inteligência excitada ou até mesmo doentia. Mas um exemplo poderá dar uma ideia melhor da natureza de suas observações nessa época.

---

7. A figura do duplo aparece na literatura desde a Antiguidade, mas o termo é consagrado durante o Romantismo. A ideia da "dupla alma" está ligada à existência de um "segundo eu". A teoria implica o abandono da crença na unidade da consciência, na identidade única de um sujeito. O ser humano desdobra-se em múltiplas identidades, que muitas vezes podem se opor. É que acontece com Dupin, pois, segundo o narrador, ele consegue ser, ao mesmo tempo, criativo e analista.

Uma noite, estávamos passando por uma rua comprida e suja na vizinhança do Palais Royal. Estando ambos aparentemente mergulhados em nossos pensamentos, nenhum de nós dissera uma única sílaba havia mais de quinze minutos. De repente, Dupin pronunciou as seguintes palavras:

— Ele é, na verdade, um sujeito muito pequeno e estaria melhor no Théâtre des Variétés.

— Não há dúvida — repliquei, inconscientemente, sem reparar de imediato (tão imerso estava em minhas reflexões) a maneira extraordinária como ele adivinhara o que eu estava pensando. Depois de um instante, me dei conta do fato, e meu espanto foi enorme.

— Dupin — disse eu, muito sério —, isso está além da minha compreensão. Não hesito em dizer que estou espantado, e mal posso acreditar no que ouvi. Como foi possível que você soubesse que eu estava pensando em ____? — E fiz uma pausa para me assegurar, sem nenhuma dúvida, se ele realmente sabia em quem eu pensava.

— Em Chantilly — disse ele. Por que parou? Você estava pensando consigo mesmo que sua estatura diminuta não era adequada para o papel.

Era nisso mesmo que eu estava pensando. Chantilly era até algum tempo atrás um sapateiro da rua St. Denis. Tendo se apaixonado pelo palco, tentou desempenhar o papel de Xerxes,[8] na tragédia de mesmo nome, de Crébillon,[9] mas seus esforços foram ridicularizados pelo público.

— Diga-me, pelo amor de Deus, — exclamei — o método, se é que existe um método, através do qual você foi capaz de penetrar na minha alma nesse caso. — Na verdade, eu estava muito mais impressionado do que gostaria de admitir.

— Foi o vendedor de frutas — replicou meu amigo — que o levou à conclusão de que o sapateiro não tinha altura suficiente para ser Xerxes *et id genus omne*.[10]

— O vendedor de frutas! Você me surpreende. Eu não conheço nenhum vendedor de frutas.

— O homem que o atropelou quando entramos nesta rua — deve ter sido uns quinze minutos atrás.

Lembrei, então, que de fato, um vendedor de frutas, levando na cabeça um grande cesto de maçãs, quase me derrubara, por acidente, quando passávamos da rua C____ para a via em que nos encontrávamos; mas eu não conseguia entender o que isso tinha que ver com Chantilly.

---

8. Rei da Pérsia (atual Irã), que viveu entre 519 e 465 a.C. Subiu ao trono em 485 a.C., após a morte de Dario, seu pai. Xerxes foi um administrador eficiente, mas ficou marcado, historicamente, por sua derrota na guerra empreendida contra os gregos.
9. Prosper Jolyot de Crébillon foi um poeta trágico francês (1674-1762).
10. Do latim: "e outros semelhantes" ou e "coisas do mesmo gênero".

Não havia uma partícula de charlatanice em Dupin.

— Vou explicar — disse ele — e para que você compreenda tudo claramente, vamos primeiro refazer o curso das suas meditações, do momento em que falei com você até a hora em que encontramos o vendedor de frutas. Os principais elos da cadeia de seu pensamento seguiram esta ordem: Chantilly, Orion, Dr. Nichols, Epicuro, estereotomia,[11] as pedras da rua, o vendedor de frutas.

Há poucas pessoas que, em algum período de suas vidas, não tenham se distraído tentando relembrar os passos através dos quais suas mentes chegaram a uma conclusão qualquer. Essa ocupação é, quase sempre, muito interessante; e quem tenta fazer isso pela primeira vez fica admirado com a distância aparentemente ilimitada entre o ponto de partida e o de chegada. Imaginem, portanto, meu espanto quando ouvi o francês pronunciar essas palavras e não pude negar que ele havia falado a verdade. Ele continuou:

— Nós estávamos falando sobre cavalos, se eu bem me lembro, no momento em que deixamos a rua C___. Foi esse nosso último assunto. Quando entramos nessa rua, um vendedor de frutas, com uma grande cesta na cabeça,

---

11. Técnica de cortar objetos sólidos (como pedras) cientificamente, em formas e dimensões especificadas.

andando rapidamente, nos atropelou, jogando você contra um monte de paralelepípedos amontoados num ponto em que o calçamento está sendo reparado. Você pisou em um dos fragmentos soltos, escorregou, torceu levemente o tornozelo, ficou irritado ou mal-humorado e depois prosseguiu em silêncio. Eu não estava prestando muita atenção no que você fazia, mas a observação tornou-se um hábito para mim e, ultimamente, uma espécie de necessidade.

— Você manteve os olhos voltados para o chão — observando, com uma expressão petulante, os buracos e sulcos na calçada (daí eu ter certeza de que você ainda pensava nas pedras), até que chegamos na pequena travessa Lamartine, que, como experiência, foi pavimentada com blocos superpostos e unidos. Nesse ponto, sua fisionomia se animou e, percebendo seus lábios se moverem, não tive dúvidas de que murmurava a palavra "estereotomia", termo bem aplicado para designar esse tipo de calçamento. Eu sabia que você não poderia dizer "estereotomia" sem deixar de pensar em átomos, e, por consequência, na teoria de Epicuro;[12] e como recentemente discutimos esse assunto, e

---

12. Epicuro (341-270 a.C.) foi um filósofo grego. Sua concepção do universo é materialista, não havendo nela lugar para a imortalidade. Para Epicuro, tudo é formado de átomos, que são de naturezas diferentes, de quantidades infinitas e sujeitos a infinitas combinações.

mencionamos que as vagas teorias do sábio grego tinham sido confirmadas nas mais recentes cosmogonias nebulares, senti que você não poderia deixar de olhar para a grande nebulosa de Orion, e sem dúvida esperei que você o fizesse. E você de fato olhou, e eu tive certeza de que havia seguido seus passos corretamente. Mas na crítica ferina feita a Chantilly, que apareceu no Musée de ontem, o satirista, fazendo comentários maldosos sobre a mudança de nome do sapateiro ao calçar coturnos,[13] citou uma frase latina que nós discutimos tantas vezes. Refiro-me ao verso *Perdidit antiquum litera prima sonum*.[14]

Eu havia lhe contado que essa era uma referência a Orion, que na antiguidade se escrevia Urion;[15] e por alguns comentários mordazes ligados a essa explicação, tinha certeza de que você não a teria esquecido. É claro, portanto, que você não poderia deixar de combinar as duas ideias de Orion e Chantilly. E vi que você realmente as combinara pelo tipo de sorriso que se formou em seus lábios. Você pensava na imolação do pobre sapateiro. Até então, caminhava

---

13. Referência ao fato de que os atores, na antiga Grécia, usavam sapatos com solados altos (coturnos) para ganharem estatura.
14. Verso do escritor latino Ovídio (43 a.C. 17/18 d.C.), da obra *Fastos*, que pode ser traduzido como "A antiga palavra perdeu sua primeira letra", conforme Dupin explica depois.
15. Na mitologia grega, Urion era um gigante caçador, filho de Poseidon, o deus do mar.

meio curvado, mas aí eu vi você se esticar em toda a sua altura. Fiquei certo, portanto, que refletia sobre a diminuta figura de Chantilly. Nesse ponto interrompi seus pensamentos para observar que, de fato, Chantilly era muito pequeno e que estaria melhor se trabalhasse no Théâtre des Variétés.

Pouco depois desse acontecimento, estávamos dando uma olhada numa edição vespertina da *Gazette des Tribunaux*, quando nossa atenção foi despertada pelos seguintes parágrafos:

"ASSASSINATOS EXTRAORDINÁRIOS — Esta madrugada, lá pelas três horas, os habitantes do Quartier[16] St. Roche foram despertados de seu sono por uma série de gritos terríveis, vindos, aparentemente, do quarto andar de uma casa na rua Morgue, ocupado apenas por uma certa senhora L'Espanaye e por sua filha, senhorita Camille L'Espanaye. Após alguma demora, ocasionada por tentativas infrutíferas de se conseguir entrar da forma usual, o portão foi arrombado com um pé-de-cabra, e oito ou dez vizinhos entraram, acompanhados de dois *gendarmes*.[17] A essa altura, os gritos haviam cessado; mas, enquanto o grupo subia correndo o primeiro lance de escadas, duas ou mais vozes ásperas, numa discussão violenta, foram ouvidas, parecendo

---

16. Do francês: "o equivalente a bairro".
17. Do francês: "policiais".

vir da parte mais alta da casa. Quando atingiram o segundo andar, esses sons também cessaram, e tudo ficou em silêncio total. O grupo separou-se, correndo de peça em peça. Ao chegarem num grande quarto de fundos, no quarto andar, — cuja porta, que se encontrava trancada à chave pelo lado de dentro, foi aberta à força —, foram surpreendidos por um espetáculo que os encheu de horror e de espanto.

"O apartamento estava numa desordem terrível — a mobília quebrada e jogada por toda parte. Havia apenas uma cama, e dessa cama as roupas tinham sido arrancadas e jogadas no chão. Sobre uma cadeira havia uma navalha, cheia de sangue. Na lareira, encontravam-se dois ou três longos e espessos tufos de cabelo grisalho, também encharcados de sangue, e que pareciam ter sido arrancados pela raiz. Espalhados pelo chão havia quatro napoleões[18], um brinco de topázio, três grandes colheres de prata, três menores, de *métal d'Alger*[19], e duas bolsas, contendo cerca de quatro mil francos em ouro. As gavetas de um *bureau*[20] que estava num canto encontravam-se abertas, e tinham sido, aparentemente, esvaziadas, embora ainda houvesse muitos objetos dentro dela. Um pequeno cofre de ferro aparecia por baixo

---
18. Moeda francesa de ouro, com a efígie de Napoleão.
19. Do francês: "metal branco, conhecido como alpaca".
20. Do francês: "escrivaninha".

das roupas de cama (não embaixo da cama). Estava aberto, com a chave ainda na porta. Nada havia nele além de umas poucas cartas velhas e outros papéis sem importância.

"Não havia sinal da senhora L'Espanaye; mas observando-se uma quantidade incomum de fuligem na lareira, fez-se uma busca na chaminé, e (que cena horrível!) o corpo da filha, de cabeça para baixo, foi retirado de lá. Ele havia sido empurrado pela estreita abertura até uma altura considerável e ainda estava quente. Ao examinarem-no, encontraram muitas escoriações, ocasionadas, sem dúvida, pela violência com que tinha sido introduzido e retirado de lá. No rosto havia arranhões profundos, e, na garganta, manchas escuras e fortes marcas de unhas, como se a vítima tivesse sido estrangulada até a morte.

"Depois de uma minuciosa investigação por toda a casa, sem que se descobrisse nada, o grupo encaminhou-se para um pequeno quintal pavimentado, situado na parte de trás do edifício, onde encontraram o cadáver da velha, com a garganta tão cortada que, ao tentarem levantá-lo, a cabeça separou-se do corpo. O corpo, assim como a cabeça, estava terrivelmente mutilado — esta última mal conservava qualquer aparência humana. Para esse horrível mistério, acreditamos que não há, até agora, a menor pista."

O jornal do dia seguinte trazia estes detalhes adicionais:

"A TRAGÉDIA DA RUA MORGUE. Muitas pessoas foram interrogadas com relação a esse extraordinário e assustador *affaire*[21]" (a palavra "*affaire*" ainda não tem, na França, a pouca importância que lhe damos), "mas nada se constatou que lançasse alguma luz ao caso. Publicamos, abaixo, todas as declarações apresentadas pelas testemunhas.

"*Pauline Dubourg*, lavadeira, depôs que conhecia as vítimas havia três anos, tendo lavado para elas durante esse período. A senhora e sua filha pareciam se dar bem — eram muito afeiçoadas uma à outra. Eram ótimas pagadoras. Nada podia dizer sobre seu modo de viver e do que vivam. Acreditava que para sobreviver a senhora L. tirava a sorte (era cartomante). Tinha a fama de ter economias. Nunca havia encontrado outras pessoas na casa quando ia buscar ou entregar a roupa. Tinha certeza de que elas não tinham empregada. Parecia não haver móveis no edifício, exceto no quarto andar.

"*Pierre Moreau*, tabaqueiro, declarou que já fazia quatro anos que costumava vender pequenas quantidades de tabaco e rapé à senhora L'Espanaye. Tinha nascido na região e sempre vivera lá. A falecida e sua filha moravam na casa onde seus corpos foram encontrados fazia mais de seis anos.

---

21. Do francês: "acontecimento, caso".

Anteriormente o edifício tinha sido ocupado por um joalheiro, que sublocava os andares superiores a várias pessoas. A casa era propriedade da senhora L., que ficara descontente com os abusos de seu inquilino e mudara-se para lá, recusando-se a alugar qualquer parte do prédio. A velha estava caducando. A testemunha tinha visto a filha apenas umas cinco ou seis vezes durante os seis anos. As duas viviam uma vida muito reclusa — dizia-se que tinham dinheiro. Ouvira dizer, na vizinhança, que a senhora L. tirava a sorte — mas não acreditava nisso. Nunca havia visto alguém entrar na casa, exceto a velha e sua filha, um carregador, uma ou duas vezes, e um médico, umas oito ou dez vezes.

"Muitas pessoas, vizinhos, prestaram declarações do mesmo tipo. Ninguém conhecia algum frequentador da casa. Não se sabia se a senhora L. e sua filha tinham parentes vivos. Os postigos das janelas da frente raramente se abriam. Os de trás estavam sempre fechados, com exceção dos do grande quarto dos fundos, no quarto andar. A casa era boa, não muito velha.

"*Isidore Musèt, policial,* depôs que havia sido chamado para ir à casa por volta das três horas da manhã e encontrou cerca de vinte ou trinta pessoas no portão, tentando entrar. Afinal, a entrada foi forçada com uma baioneta — e não com um pé-de-cabra. Teve pouca dificuldade para abri-la, pois trata-se de um portão duplo ou de duas folhas, e não estava trancado nem em cima, nem embaixo. Os gritos continuaram até que o portão foi forçado — e, então, subitamente cessaram. Pareciam ser gritos de uma pessoa (ou pessoas) em grande agonia — eram prolongados e fortes, e não curtos e rápidos. A testemunha dirigiu-se para as escadas. Quando chegou ao primeiro andar, ouviu duas vozes numa discussão alta e raivosa, uma delas áspera; a outra muito mais estridente — uma voz muito estranha. Distinguira algumas palavras ditas pela primeira voz, que era de um francês. Tinha certeza de que não se tratava da voz de uma mulher. Pudera reconhecer as palavras *sacré* e *diable*[22]. A voz estridente era de um estrangeiro. Não distinguira se era de um homem ou de uma mulher. Não pudera entender o que estava sendo dito, mas acreditava que o idioma era o espanhol. A testemunha descreveu o estado do quarto e dos corpos bem de acordo com o que relatamos ontem.

"*Henry Duval*, vizinho e comerciante de objetos de prata, declarou ter sido um dos que primeiro entraram na casa. Em geral, corroborou o que Musèt havia dito. Logo que forçaram a entrada, fecharam a porta, para manter do lado

---

22. Do francês: "sagrado" e "diabo".

de fora a multidão que rapidamente se reunira, apesar da hora avançada. A testemunha pensa que a voz estridente pertencia a um italiano. Tem certeza que não era de um francês. Não podia afirmar que fosse uma voz masculina. Poderia ser de mulher. Não estava familiarizado com a língua italiana. Não conseguiu distinguir as palavras, mas, pela entonação, estava convicto de que o falante era um italiano. Conhecia a senhora L. e sua filha. Conversava com as duas frequentemente. Tinha certeza que a voz aguda não era de nenhuma das vítimas.

"_____ *Odenheimer*, dono de restaurante. Essa testemunha apresentou-se voluntariamente para depor. Não falando francês, foi interrogado através de um intérprete. É de Amsterdã. Passava pela casa no momento dos gritos. Eles duraram vários minutos, provavelmente dez. Eram prolongados e altos, causando horror e angústia. Foi um dos que entrou no edifício. Corroborou tudo o que foi dito pelos outros, exceto num ponto: estava certo de que a voz estridente era de um homem — um francês. Não conseguiu distinguir as palavras proferidas. Eram altas e rápidas — desiguais —, proferidas, ao que parecia, como se a pessoa estivesse com medo ou com raiva. A voz era áspera, mais áspera do que estridente. Não poderia se dizer que fosse estridente. A voz ríspida disse, repetidamente, *sacré, diable*, e, uma única vez, *mon Dieu*.²³

"*Jules Mignaud*, banqueiro, da firma Mignaud e Filhos, rua Deloraine. É o mais velho dos Mignaud. A senhora L'Espanaye tinha alguns bens. Abrira uma conta em sua casa bancária na primavera do ano de____ (oito anos antes). Fazia frequentes depósitos de pequenas quantias. Nunca retirara nada até três dias antes de sua morte, quando sacou, pessoalmente, a soma de 4 mil francos. Essa quantia foi paga em ouro, e um funcionário foi encarregado de levar o dinheiro a sua casa.

"*Adolphe Le Bon*, funcionário de Mignaud e Filhos, depôs que no dia em questão, por volta do meio-dia, acompanhara a senhora L'Espanaye a sua residência, levando 4 mil francos, colocados em dois sacos. Quando a porta foi aberta, a senhorita L. apareceu e tirou de suas mãos um dos sacos, enquanto a velha pegou o outro. Ele, então, cumprimentou-as e foi embora. Não viu ninguém na rua àquela hora. É uma rua lateral, sem movimento.

"*William Bird*, alfaiate, testemunhou que foi um dos que entrou na casa. É inglês. Vive em Paris há dois anos. Foi um dos primeiros a subir as escadas. Ouviu as vozes que discutiam. A voz ríspida era de um francês. Pôde entender muitas palavras, mas agora já não se lembra de todas. Ouviu

---

23. Do francês: "meu Deus".

distintamente *sacré* e *mon Dieu*. Naquele momento ouvia-se o som de várias pessoas lutando — um som de arranhões e de luta corporal. A voz esganiçada era muito alta — mais alta que a áspera. Tinha certeza que não era a voz de um inglês. Parecia ser de um alemão. Poderia ser a voz de uma mulher. Não entende alemão.

"Quatro das testemunhas acima, novamente interrogadas, disseram que a porta do quarto no qual o corpo da senhorita L. foi encontrado estava trancada por dentro quando o grupo chegou. Tudo estava em perfeito silêncio — sem gemidos ou ruídos de qualquer espécie. Ao forçarem a porta, não viram ninguém. As janelas, tanto do quarto da frente quanto do quarto de trás, estavam baixadas e firmemente trancadas por dentro. Uma porta entre os dois quartos estava fechada, mas apenas com o trinco. A porta do quarto da frente, que dava para o corredor, também estava trancada, e a chave encontrava-se do lado de dentro. Uma saleta que ficava na parte da frente da casa, no quarto andar, no final do corredor, estava aberta, com a porta escancarada. Esse cômodo estava atulhado de camas, caixas e outros objetos. Tudo foi removido e examinado com todo cuidado. Não havia uma polegada, ou qualquer parte da casa, que não tivesse sido minuciosamente inspecionada. As chaminés foram vasculhadas de alto a baixo. A casa tinha quatro andares e *mansardes*.²⁴ Um alçapão, no telhado, estava pregado com firmeza — parecendo não ter sido aberto há anos. O tempo decorrido entre o escutar das vozes que discutiam e o arrombamento da porta do quarto difere no relato das testemunhas. Alguns disseram ter sido curto, não passando de três minutos. Outros falaram em até cinco minutos. A porta foi aberta com dificuldade.

"*Alfonzo Garcio,* agente funerário, declarou residir na rua Morgue. É natural da Espanha e foi um dos que entraram na casa. Não subiu as escadas. Estava nervoso e apreensivo com as consequências da agitação. Ouviu as vozes que discutiam. A voz áspera era de um francês. Não conseguiu entender o que diziam. A voz aguda era de um inglês — tem certeza. Não entende inglês, mas baseava-se na entonação.

"*Alberto Montani,* confeiteiro, informou que estava entre os primeiros a subir as escadas. Ouviu as vozes em questão. A voz áspera era de um francês. Distinguiu várias palavras. O homem parecia estar reprovando alguém. Não conseguiu entender as palavras ditas pela voz estridente. Falava rapidamente e de forma irregular. Acha que se trata da voz de um russo. Confirma os outros depoimentos. É italiano. Nunca falou com um russo.

---
24. Do francês: "mansardas, pequeno espaço habitável sob o telhado da casa; sótão".

"Várias testemunhas, ao depor de novo, disseram que as chaminés de todas as salas do quarto andar eram muito estreitas para permitir a passagem de um ser humano. Foram realizadas varreduras com escovas cilíndricas, como as que são usadas pelos limpadores de chaminés. Essas varreduras foram passadas de alto a baixo pelo interior dos canos das chaminés da casa. Não há uma saída traseira, pela qual alguém pudesse escapar enquanto o pessoal subia as escadas. O corpo da senhorita L. estava tão firmemente encaixado na chaminé que só pôde ser retirado com a ajuda de quatro ou cinco pessoas.

"*Paul Dumas,* médico, informou ter sido chamado para examinar os corpos ao amanhecer. Eles jaziam sobre o estrado da cama, no quarto em que a senhorita L. fora encontrada. O cadáver da jovem estava muito machucado e com escoriações. O fato de ter sido empurrado para dentro da chaminé justificava esses ferimentos. A garganta estava muito esfolada. Havia várias marcas de arranhões profundos bem abaixo do queixo e uma série de manchas brancas que evidentemente tinham sido produzidas pela pressão de dedos. O rosto estava horrivelmente branco, e os olhos, saltados. Parte da língua fora cortada. Na boca do estômago havia uma grande equimose, produzida, ao que tudo indicava, pela pressão de um joelho.

Na opinião do senhor Dumas, a senhorita L'Espanaye fora estrangulada por uma ou várias pessoas desconhecidas. O corpo da mãe estava horrivelmente mutilado. Todos os ossos da perna direita e do braço estavam quebrados. A tíbia esquerda estava esfacelada, bem como todas as costelas do lado esquerdo. O corpo inteiro encontrava-se muito machucado e sem cor. Era impossível dizer como as lesões tinham sido provocadas. Uma pesada clava de madeira, ou uma larga barra de ferro — uma cadeira —, qualquer arma grande, pesada e obtusa produziria tais resultados se manejada por um homem muito forte. Nenhuma mulher poderia ter desferido os golpes com tais armas. A cabeça da vítima, quando vista pela testemunha, estava completamente separada do corpo, e muito desfigurada. A garganta tinha, evidentemente, sido cortada por um instrumento muito afiado — talvez uma navalha.

"*Alexandre Etienne*, cirurgião, foi chamado junto com o senhor Dumas, para examinar os corpos. Confirmou o testemunho e as opiniões do senhor Dumas.

"Nenhuma outra informação de maior importância foi obtida, embora muitas outras pessoas tenham sido interrogadas. Um crime tão misterioso, e tão surpreendente em todos os seus detalhes, jamais acontecera em Paris — se é que de fato trata-se de um crime. A polícia está inteiramente sem pistas — fato incomum em casos dessa natureza. Não há nem sombras de uma pista."

A edição vespertina do jornal informava que uma grande excitação ainda reinava no Quartier St. Roche — que todas as circunstâncias tinham sido cuidadosamente revistas, e as testemunhas, ouvidas de novo sem qualquer resultado. Uma nota de última hora, entretanto, mencionava que Alfred Le Bon fora detido e colocado na prisão — ainda que nada o incriminasse além dos fatos já conhecidos.

Dupin parecia especialmente interessado nos progressos desse acontecimento — pelo menos era o que eu julgava pelas suas atitudes, porque ele não comentava nada. Foi apenas depois da notícia de que Le Bon fora preso que ele perguntou minha opinião sobre os assassinatos.

Eu conseguia apenas concordar com toda Paris que se tratava de um mistério insolúvel. Não conseguia ver uma maneira possível de descobrir o assassino.

— Não podemos chegar a uma conclusão — disse Dupin — a partir de um exame tão superficial. A polícia parisiense, tão elogiada por sua perspicácia, é astuta, mas não mais do que isso. Não há método em suas investigações além do que é sugerido no momento. Faz uma grande demonstração de suas ações; mas seguidamente elas estão tão pouco relacionadas aos objetivos propostos que nos lembram o senhor Jourdain pedindo seu *robe-de-chambre* — *pour mieux entendre la musique*[25]. Os resultados obtidos por eles são, às vezes, surpreendentes, mas, em sua maioria, ocorrem devido à simples diligência e atividade. Quando essas qualidades são inúteis, seus esquemas falham. Vidocq,[26] por exemplo, era um bom adivinhador e um homem persistente. Mas, por não ter uma inteligência educada, errava continuamente em virtude da própria intensidade de suas investigações. Prejudicava sua percepção por examinar muito de perto o objeto. Ele podia ver, talvez, um ou dois pontos com uma excepcional clareza, mas, ao fazer isso, necessariamente perdia a visão total do assunto. Assim, há esse problema de tentar se aprofundar demais no caso. A verdade nem sempre está no fundo do poço. De fato, no que diz respeito ao que é mais importante saber, creio que ela, em geral, está na superfície.

---

25. Do francês: [pedindo seu] *"roupão — para melhor ouvir a música"*. Trata-se de uma fala da comédia *O burguês fidalgo*, de Molière. O texto ironiza o "alpinismo" social, de onde vem a ideia de que, para escutar-se melhor uma música, deveria-se trajar, adequadamente, um *robe-de-chambre* (roupão), indumentária que o ridículo burguês da peça considera muito sofisticada, mas que, na realidade, nada acrescenta à capacidade de escutar e entender música.
26. Eugène François Vidocq (1775—1857) é considerado pelos historiadores o primeiro criminalista. Viveu um vida aventuresca, tendo sido preso várias vezes e até mesmo condenado à morte. Para livrar-se da sentença, tornou-se informante da polícia e, mais tarde, chefe do serviço de segurança francês, a Sûreté Nationale, título de uma força policial francesa, especialmente da parte dedicada às investigações.

A profundidade está nos vales em que a buscamos, e não no topo das montanhas em que se encontra. Os modos e as fontes desse tipo de erro podem ser exemplificados com a contemplação dos corpos celestes. Olhar para uma estrela rapidamente — vê-la através de um olhar oblíquo, voltando para ela a parte exterior da retina (mais suscetível às impressões ligeiras de luz que a interna), é contemplar a estrela de forma distinta — é ter a melhor visão de seu brilho, brilho que se torna menor na proporção em que lançamos nosso olhar *em cheio* para ela. No último caso, um grande número de raios incide sobre os olhos, enquanto, no primeiro, há uma capacidade mais apurada de percepção. Com uma profundidade indevida, perturbamos e enfraquecemos nossos pensamentos; e chega a ser possível fazer a própria Vênus desaparecer do firmamento se a observarmos de maneira muito demorada, muito concentrada ou muito direta.

— Quanto a esses assassinatos, vamos nós mesmos examiná-los, antes de formarmos uma opinião. Uma investigação nos proporcionará alguma diversão (achei esquisito o uso desse termo, mas não disse nada), e, além disso, Le Bon certa vez me fez um favor, pelo qual eu sou agradecido. Vamos examinar as pistas com nossos próprios olhos. Eu conheço G_____, o delegado de polícia, e não terei dificuldade em obter a permissão necessária.

A permissão foi dada, e nos dirigimos imediatamente para a rua Morgue, que é uma das miseráveis vielas existentes entre a rua Richelieu e a rua St. Roche. A tarde já ia avançada quando chegamos lá, uma vez que o local fica distante daquele em que residíamos. Encontramos a casa em seguida, pois ainda havia muita gente olhando, da calçada em frente, para as janelas fechadas, com uma curiosidade sem objetivo. Tratava-se de uma casa parisiense comum, com uma entrada principal. Num dos lados, havia uma guarita, com vidraça corrediça, que parecia ser a *loge de concierge*[27]. Antes de entrar, andamos pela rua, dobramos num beco e, virando novamente, chegamos, afinal, na parte de trás da casa. Enquanto isso, Dupin examinava os arredores e a casa com uma atenção meticulosa que me parecia despropositada.

Retrocedendo, voltamos para a frente da moradia, batemos, e tendo mostrado nossas credenciais, fomos admitidos pelos agentes que estavam em serviço. Subimos as escadas e entramos no quarto onde o corpo da senhorita L'Espanaye tinha sido encontrado, e onde os cadáveres ainda estavam. O cômodo continuava, como antes, completamente revirado. Não vi nada além do que já fora publicado na *Gazette des Tribunaux*. Dupin examinou tudo – inclusive o corpo das

---

27. Do francês: "portaria".

vítimas. Depois, fomos aos outros aposentos e ao quintal; um *gendarme* nos acompanhou por toda a parte. O exame nos ocupou até o cair da noite, quando fomos embora. Em nosso trajeto para casa meu companheiro entrou por um momento no escritório de um dos jornais diários.

Já comentei que as extravagâncias do meu companheiro eram muitas, e que *je les ménageais*:[28] Por capricho, ele recusou-se a falar sobre o crime até o meio-dia do dia seguinte. Então, ele me perguntou, de repente, se eu havia observado alguma coisa *peculiar* no local da tragédia.

Havia algo no modo como pronunciou a palavra *peculiar*, que me fez estremecer, sem que eu soubesse o motivo.

— Não, nada *peculiar* — eu disse — pelo menos nada que já não tivéssemos lido no jornal.

— Eu temo que a *Gazette* — disse ele — não tenha penetrado no horror incomum do crime. Mas deixemos de lado as opiniões inúteis da imprensa. Parece-me que o mistério esteja sendo considerado insolúvel pelas mesmas razões que deveriam considerá-lo de fácil solução — eu me refiro ao caráter *outré*[29] das suas características. A polícia está confusa pela aparente falta de motivo — não para o

---

28. Do francês: "eu sabia como lidar com eles".
29. Do francês: "exagerado".

crime em si — mas para a crueldade com que foi cometido. Estão confusos, também, pela impossibilidade de relacionar as vozes escutadas durante a discussão com o fato de não se ter encontrado ninguém na parte de cima da casa, exceto o corpo da senhorita L'Espanaye, e de que não havia maneira de alguém ter saído de lá sem ser visto pelas pessoas que subiam as escadas. A enorme desordem do aposento; o cadáver enfiado, de cabeça para baixo, na chaminé; a assustadora mutilação do corpo da velha; essas considerações, mais aquelas já mencionadas e outras que eu não preciso mencionar, foram suficientes para paralisar os poderes de raciocínio, fazendo falhar a tão alardeada perspicácia dos policiais. Eles caíram no erro grosseiro, embora comum, de confundir o incomum com o obscuro. Mas é através desse desvio do plano das coisas comuns que a razão encontra seus caminhos, caso seja possível, para a busca da verdade.

Em investigações como esta que estamos fazendo agora, não se deveria perguntar "o que ocorreu", mas "o que ocorreu agora que nunca havia ocorrido antes". De fato, a facilidade com que eu conseguirei, ou já consegui, resolver o mistério, está na razão direta de sua aparente insolubilidade aos olhos da polícia.

Olhei para meu interlocutor com mudo espanto.

— Estou esperando agora — continuou, olhando para

a porta de nosso apartamento — estou esperando um homem que, ainda que não seja o autor dessa carnificina, deve estar implicado, de alguma forma, na sua realização. É provável que ele seja inocente no que diz respeito à pior parte dos crimes cometidos. Espero estar correto nessa suposição, porque nela concentrei minha expectativa de decifrar todo o enigma. Aguardo a chegada desse homem aqui — nesta sala — a qualquer momento. É claro que ele pode não vir, mas é mais provável que venha. Se vier, será necessário detê-lo. Aqui estão umas pistolas; e nós dois sabemos como usá-las quando a ocasião exigir.

Peguei as pistolas, sem saber direito o que estava fazendo, nem se acreditava no que tinha escutado, enquanto Dupin continuava a falar, como se estivesse sozinho. Já comentei sobre seu ar de alheamento nesses momentos. Ele falava para mim, mas sua voz, embora não fosse alta, tinha aquela entonação que é, em geral, empregada quando se fala com alguém que está a uma grande distância. Seus olhos, sem expressão, olhavam apenas para a parede.

— As evidências provaram, de forma cabal, que as vozes que discutiam, ouvidas pelas pessoas que subiam as escadas, não eram as vozes das duas mulheres — disse ele — Isso desfaz qualquer possibilidade de a velha ter, primeiro, matado a filha e depois se suicidado. Refiro-me a isso principalmente por uma questão de método, já que a senhora L'Espanaye não teria força suficiente para enfiar o corpo da filha na chaminé do jeito que ele foi encontrado; e os ferimentos que ela mesma apresentava afastam inteiramente a ideia de suicídio. O crime, então, foi cometido por terceiros; e são deles as vozes que foram ouvidas discutindo. Deixe-me, agora, adverti-lo, não para o que as testemunhas declararam a respeito das vozes, mas para o que existe de *peculiar* em suas declarações. Você observou alguma coisa peculiar nessas declarações?

— Observei que, enquanto todas as testemunhas declararam supor que a voz grave era de um francês, houve muitas divergências quanto à voz estridente, ou, como uma das testemunhas disse, à voz áspera.

— Isso é a própria evidência — disse Dupin —, mas não a peculiaridade da evidência. Você não observou nada de característico. Entretanto, havia alguma coisa a ser observada. As testemunhas, conforme você mesmo disse, concordavam sobre a voz grave; todos foram unânimes nesse ponto. Mas a respeito da voz estridente, a peculiaridade não está no fato de eles discordarem, mas de que, ao tentar identificá-la, um italiano, um inglês, um espanhol, um holandês e um francês disseram que se tratava da voz de um *estrangeiro*. Cada um tem certeza de que não era a voz de um conterrâneo. Cada um compara-a não à voz de um indivíduo de uma nação cuja língua ele conhece, mas exatamente o contrário. O francês supõe que seja a voz de um espanhol, e "poderia ter distinguido algumas palavras se tivesse algum conhecimento de espanhol". O holandês afirma que a voz seria de um francês, mas fica claro que "por não entender francês, essa testemunha foi interrogada com a ajuda de um intérprete". O inglês pensa que a voz é de um alemão, mas "não entende alemão". O espanhol "está certo" de que era de um inglês, mas "baseava-se na entonação", "pois não sabia falar inglês". O italiano acredita que a voz era de um russo, mas "nunca conversou com alguém nascido na Rússia". Um segundo francês discorda, entretanto, do primeiro e afirma com convicção que a voz é de um italiano, mas "não tendo conhecimento daquela língua", "estava convencido disso", como o espanhol, "pela entonação". Agora pense em como essa voz, cuja *entonação* não foi reconhecida por habitantes das cinco grandes regiões da Europa, deve ter parecido estranha às testemunhas, já que elas fizeram tais declarações! Você dirá que poderia ter sido a voz de um asiático — ou de um africano. Não há muitos asiáticos ou africanos em Paris; mas, sem negar essa possibilidade, vou apenas chamar sua atenção para três pontos. A voz é descrita por uma das testemunhas como sendo "mais áspera do que estridente". Duas outras disseram que era "rápida e *desigual*". Nenhuma palavra — nenhum som semelhante a palavras — foi mencionada pelas testemunhas como inteligível.

— Não sei — continuou Dupin — que impressão posso ter causado, até agora, na sua compreensão dos fatos; mas não hesito em dizer que deduções legítimas, mesmo as baseadas nessa parte do testemunho — a parte que se refere às vozes grave e estridente — são suficientes para levantar uma suspeita que deveria direcionar a um progresso na investigação do mistério. Digo "deduções legítimas", mas isso não expressa completamente o que quero dizer. Quero deixar claro que essas deduções são as únicas apropriadas ao caso, e a minha suspeita vem inevitavelmente delas, como a única conclusão possível. Qual é essa suspeita, entretanto, eu não direi agora. Desejo apenas que você não esqueça que, quanto a mim, ela foi forte o suficiente para dar uma forma definida, uma certa tendência, às minhas investigações naquele quarto.

Transportemo-nos, agora, em imaginação, para esse aposento. O que devemos procurar lá, em primeiro lugar? Os meios de fuga empregados pelos assassinos. Não é necessário dizer que nenhum de nós acredita em ações sobrenaturais. A senhora e a senhorita L'Espanaye não foram mortas por espíritos. Os autores do feito eram seres materiais e escaparam por ações materiais. Mas como? Felizmente, há apenas uma forma de se raciocinar sobre isso, e essa forma deve nos levar a uma conclusão precisa. Examinemos, um por um, os meios possíveis de saída. É claro que os assassinos estavam no cômodo em que a senhorita L'Espanaye foi encontrada, ou, pelo menos, no cômodo ao lado, quando as pessoas subiram as escadas. Portanto, é apenas nesses dois aposentos que temos que buscar as pistas da fuga. A polícia examinou cuidadosamente o assoalho, o teto e os tijolos das paredes. Nenhuma passagem *secreta* poderia ter escapado a esse exame. Mas, não confiando nos olhos deles, eu mesmo os examinei. Portanto, *não* havia uma passagem secreta. Ambas as portas que levavam ao corredor estavam trancadas, e as chaves ficaram do lado de dentro. Voltemo-nos, então, para as chaminés. Essas, embora de largura normal até uma altura de cerca de 2,5 ou 3 metros acima das lareiras, não permitiriam, em toda a sua extensão, nem a passagem de um gato grande. Sendo totalmente impossível a fuga pelos meios já mencionados, ficamos reduzidos às janelas. Pelas do quarto da frente, ninguém poderia ter escapado sem ser notado pelas pessoas que se amontoavam na rua. Os assassinos *devem*, então, ter escapado pelas do quarto dos fundos. Tendo chegado a essa conclusão de forma tão inequívoca, não nos cabe, como analistas, rejeitá-la sob o argumento de uma impossibilidade aparente. Temos apenas que provar que essa aparente "impossibilidade", na verdade, não existe.

Há duas janelas no quarto. Uma delas não está obstruída por móveis, e é completamente visível. A parte inferior da outra fica oculta pela cabeceira da pesada cama que está encostada nela. A primeira janela estava bem fechada por dentro e resistiu a todos os esforços dos que tentaram levantá-la. Um grande buraco tinha sido feito à esquerda da sua moldura, e nele fora introduzido um prego muito grosso. Ao examinar a outra janela, encontramos um prego similar, igualmente ajustado num buraco; e uma tentativa vigorosa de levantar a parte de cima da janela de guilhotina também falhou. Diante disso, a polícia ficou completamente convencida de que a fuga não poderia ter se dado por esse meio. E, *por isso*, achou desnecessário retirar os pregos e abrir as janelas.

Meu próprio exame foi mais minucioso, pelas razões que já apresentei — porque eu sabia que era nesse ponto que precisava comprovar que as impossibilidades aparentes não o eram na realidade.

Continuei pensando assim — *a posteriori*.[30] Os assassinos

---

30. Do latim: "partindo daquilo que vem depois". Dupin explica que começa a desvendar o mistério a partir da saída dos envolvidos, antes mesmo de saber como eles entraram na casa.

tinham realmente escapado por uma das janelas. Assim sendo, não poderiam ter trancado as janelas pelo lado de dentro, como foram encontradas; uma conclusão que, por parecer óbvia, pôs fim às buscas da polícia nessa direção. Entretanto, as janelas *estavam* trancadas. Portanto, deveriam ter a capacidade de trancar-se sozinhas. Não havia como escapar dessa conclusão. Eu me aproximei do batente da janela que não estava obstruída, retirei o prego com alguma dificuldade e tentei levantar a parte superior. Como eu já previra, ela resistiu a todos os meus esforços. Devia haver, eu agora sabia, uma mola escondida; essa confirmação de minhas hipóteses convenceu-me de que as premissas que eu levantara, pelo menos, estavam corretas, por mais misteriosas que as circunstâncias envolvendo os pregos pudessem se mostrar. Uma busca cuidadosa logo trouxe à luz a mola escondida. Pressionei-a e, satisfeito com a minha descoberta, não abri a janela.

Então, recoloquei o prego no lugar e olhei-o com atenção. Uma pessoa, saindo pela janela, poderia tê-la fechado, e a mola a trancaria. Mas o prego não poderia ser recolocado. A conclusão era óbvia e, novamente, diminuía o campo de minhas investigações. Os assassinos *deviam* ter escapado pela outra janela. Supondo que as molas em cada janela fossem iguais, o que era provável, *teria* que haver uma diferença entre os pregos, ou, ao menos, na maneira como tinham sido fixados. Subindo na cama, observei, minuciosamente, por cima da cabeceira, a segunda janela. Passando a minha mão por trás da madeira, eu logo descobri e pressionei a outra mola, que era, como eu havia suposto, idêntica à primeira. Então, olhei para o prego, que era tão grosso quanto o outro e, aparentemente, fixado da mesma maneira — afundado quase até a cabeça.

Você poderá dizer que eu estava intrigado com o fato, mas, se pensa assim, é porque não entendeu a natureza das minhas deduções. Usando uma expressão empregada nos esportes, nunca cometi nenhuma "falta". O rastro nunca foi perdido. Não havia nenhuma falha em qualquer elo da corrente. Persegui o mistério até o último resultado — e esse resultado era *o prego*. Afirmo que ele tinha, em todos os aspectos, a aparência do seu companheiro da outra janela; mas isso não era importante (ainda que parecesse ser definitivo) quando comparado com a evidência de que aqui, nesse ponto, terminavam as pistas. "Deve haver alguma coisa errada", pensei, "com o prego." Segurei-o. A cabeça e cerca de seis milímetros da haste ficaram na minha mão. O resto do prego estava encravado no buraco onde havia se quebrado. A fratura era antiga (pois suas pontas estavam cheias de ferrugem), e parecia ter sido produzida por um golpe de martelo que tinha afundado a cabeça do prego parcialmente na parte inferior da janela. Recoloquei a cabeça cuidadosamente no seu lugar, e era perfeita a semelhança com um prego intacto — a fissura era invisível. Apertando a mola, eu levantei a janela algumas polegadas com cuidado; a cabeça do prego subiu com ela, permanecendo firme em seu lugar. Fechei a janela, e a aparência de um prego inteiro era de novo perfeita.

A charada, até aí, estava decifrada. O assassino tinha escapado pela janela que ficava perto da cama. Fechando por si mesma, após a saída dele (ou sendo, talvez, fechada de propósito), ela permaneceu cerrada pela mola — e foi o fato de a mola estar trancada que induziu a polícia ao erro de pensar que era por causa do prego e considerar desnecessárias maiores investigações.

A pergunta seguinte é sobre como o assassino desceu. Quanto a esse ponto, eu ficara satisfeito ao caminhar com você ao redor da casa. A cerca de um metro e meio da tal janela passa o cano de um para-raios. Por esse cano teria sido impossível para alguém alcançar a janela, muito menos entrar por ela. Observei, entretanto, que as persianas do quarto andar eram de um tipo especial, que os carpinteiros parisienses chamam de *ferrades* — e que raramente são usadas hoje, mas com frequência vistas em velhas mansões de Lyons ou Bordeaux. Elas têm a forma de uma porta comum (de folha única, e não de duas folhas) exceto pelo fato de a metade superior ser treliçada ou trabalhada em ripas que se cruzam — permitindo, assim, um excelente apoio para as mãos. No presente caso, essas persianas têm cerca de um metro. Quando as vimos, da parte de trás da casa, ambas estavam parcialmente abertas — isto é, estavam em ângulo reto com a parede. É provável que a polícia, assim como eu, tenha examinado a parte de trás da casa; mas, se o fez, ao olhar para a largura das *ferrades* (como deve ter feito) não percebeu a sua extensão, ou, mesmo que tenha percebido, não a levou em consideração. Na verdade, tendo-se convencido de que nenhuma fuga poderia ter ocorrido por aquele lado, os policiais fizeram aí uma investigação muito superficial. Para mim, entretanto, estava claro que a persiana pertencente à janela que ficava perto da cabeceira da cama poderia chegar até uns 60 centímetros do cano do para-raios, se fosse totalmente aberta e encostada na parede. Também era evidente que, com um alto grau de agilidade e coragem, seria possível entrar pela janela através do cano. Alcançando a distância de 75 centímetros (suponhamos que a persiana estivesse completamente aberta), um ladrão poderia ter se segurado com firmeza nas treliças. Largando, então, o cano do para-raios e colocando os pés firmemente contra a parede, conseguiria, com um impulso audacioso, fazer com que a persiana se fechasse e, caso a janela estivesse aberta naquele momento, poderia até ter entrado no quarto.

Quero que você considere que eu estou falando de um grau excepcional de energia, como requisito para ter sucesso nessa façanha tão perigosa e difícil. Desejo lhe mostrar, primeiro, que isso poderia ter sido feito, mas, em segundo lugar, e *principalmente*, chamar sua atenção para o caráter *muito extraordinário*, quase sobrenatural, da agilidade que seria necessária para realizar essa façanha.

Sem dúvida você dirá, usando a linguagem da lei, que para "defender o meu caso" eu deveria antes ignorar do que insistir sobre a habilidade necessária para isso. Essa pode ser a prática dos tribunais, mas não da razão. Meu fim último é apenas a verdade. Meu propósito imediato é fazer com que você compare a habilidade *muito fora do comum* a que me referi agora, com aquela voz estridente (ou áspera) e desigual *muito peculiar*, sobre cuja nacionalidade não há duas pessoas que concordem, e em cuja pronúncia nenhuma sílaba pode ser identificada.

Ouvindo tais palavras, uma vaga e ainda mal formada concepção do que Dupin estava querendo me dizer começou a formar-se em minha mente. Parecia que eu estava a ponto de compreender, embora ainda não compreendesse — como ocorre, às vezes, com algumas pessoas que se encontram perto de lembrar alguma coisa, sem que, no fim, consigam fazê-lo.

Meu amigo continuou com seu discurso.

— Você verá — ele disse — que eu inverti a questão do modo de sair para a do modo de entrar. Era minha intenção sugerir que ambos foram realizados da mesma maneira, no mesmo lugar. Vamos agora voltar para o interior do quarto. Vamos examinar todos os sinais. As gavetas da escrivaninha, segundo disseram, tinham sido esvaziadas, embora muitas peças de roupa ainda estivessem dentro delas. Essa conclusão é absurda. Trata-se apenas de uma suposição — muito tola, por sinal — e nada mais. Como saber se as peças encontradas nas gavetas não eram tudo o que as gavetas continham? A senhora L'Espanaye e sua filha viviam de forma muito reclusa — não viam ninguém, raramente saíam e, portanto, não necessitavam de muitas roupas. As que foram encontradas eram, pelo menos, de tão boa qualidade quanto se poderia esperar que essas senhoras possuíssem. Se um ladrão tivesse roubado algumas peças, por que não teria levado as melhores? Por que não levara todas? Em resumo: por que teria deixado 4 mil francos em ouro e carregado uma trouxa de roupas íntimas? O ouro foi abandonado lá. Quase toda a quantia mencionada pelo senhor Mignaud, o banqueiro, foi encontrada em sacos, no chão. Quero, portanto, que você descarte de seu pensamento a ideia absurda de um *motivo* engendrado pela polícia pela evidência do dinheiro entregue à porta da casa. Coincidências dez vezes mais notáveis do que essa (a entrega do dinheiro e o crime cometido três dias após o seu recebimento), acontecem a toda hora em nossas vidas, sem despertar qualquer atenção. Coincidências, em geral, são obstáculos no caminho desses pensadores que foram educados ignorando a teoria das probabilidades — teoria esta responsável pelos resultados das mais importantes pesquisas humanas. Nesse caso, tivesse o ouro desaparecido, o fato de ter sido entregue três dias antes seria mais do que uma simples coincidência e viria corroborar a ideia da existência de um motivo. Mas, dentro das reais circunstâncias do caso, se supusermos que o ouro foi o móvel dessa atrocidade, teremos também que admitir que o autor foi um idiota vacilante ao abandonar seu ouro e seu motivo juntos.

Tendo bem firme em mente os pontos sobre os quais chamei sua atenção — aquela voz peculiar, aquela agilidade incomum e a surpreendente ausência de motivo num crime tão singularmente atroz quanto esse —, vamos agora lançar um olhar para a chacina. Uma mulher foi estrangulada até a morte e empurrada para dentro de uma chaminé, de cabeça para baixo. Assassinos comuns não matam dessa forma e muito menos dispõem do corpo das vítimas dessa maneira. Nessa maneira de meter o corpo para dentro da chaminé, você terá que admitir que havia algo *excessivamente outré*[31] — alguma coisa inexplicável para nossa noção de humanidade. Pense, também, como deve ter sido grande a força que conseguiu empurrar o corpo para cima, por uma abertura tão apertada que foi necessária a união de forças de sete pessoas para conseguir puxá-lo *para baixo*!

Atente, agora, para outras indicações do uso de uma força extraordinária. Na lareira havia mechas espessas — muito espessas — de cabelos humanos grisalhos. Elas tinham sido arrancadas pela raiz. Você está ciente de que é necessária uma força muito grande para arrancar da cabeça vinte ou trinta fios de cabelo, juntos. Você viu as madeixas em questão tão bem quanto eu. Suas raízes (uma visão terrível!) ainda estavam presas a fragmentos de pele do couro cabeludo, o que mostra a enorme força exercida para arrancar talvez meio milhão de cabelos de uma só vez. A garganta da velha não foi apenas cortada. A cabeça estava completamente separada do corpo, e o instrumento usado foi apenas uma navalha.

Quero que você preste atenção na ferocidade *brutal* dessas ações. Não falo das escoriações no corpo da senhora L'Espanaye. O senhor Dumas e seu valioso assistente, o senhor Etienne, declararam que elas foram produzidas por um

---

31. Do francês: "exagerado".

instrumento rombudo, e nesse ponto esses senhores estavam corretos. O instrumento rombudo era, sem dúvida, uma pedra do calçamento do pátio em que a vítima caíra, atirada pela janela que fica por cima da cama. Essa ideia, ainda que agora pareça óbvia, não foi levada em conta pela polícia pela mesma razão que não consideraram a largura dos postigos. A existência dos pregos fez com que não ocorresse à polícia a ideia de que as janelas pudessem, de alguma maneira, ter sido abertas.

Então, se além de todas essas coisas, você refletir bem sobre a estranha desordem em que o quarto se encontrava, chegaremos ao ponto de combinar as ideias de uma agilidade incrível, de uma força sobre-humana, de uma ferocidade brutal, de uma carnificina sem motivo, de uma *grotesquerie*[32] horrível, completamente alienada de qualquer noção de humanidade, e com uma voz soando estranha aos ouvidos de homens de diferentes nacionalidades e desprovida de quaisquer sílabas distintas ou inteligíveis. Qual o resultado de tudo isso? Que impressões eu produzi em sua imaginação?

Senti minha pele arrepiar-se quando Dupin me fez essa pergunta. "Um louco cometeu esse crime," eu disse. "Um maníaco furioso, que escapou de alguma *maison de santé*[33] situada na vizinhança."

---

32. Do francês: "ato grotesco".
33. Do francês: "hospício".

— Sob certos aspectos — replicou ele — sua ideia não é descabida. Mas a voz dos loucos, até mesmo em seus acessos mais furiosos, nunca soa como aquela voz tão estranha, escutada pelos que subiam as escadas. Os loucos pertencem a algum país, e sua linguagem, ainda que incoerente, sempre tem a coerência da silabação. Além disso, o cabelo de um louco não se parece com o que eu tenho agora em minha mão. Retirei esse pequeno tufo dos dedos rigidamente fechados da senhora L'Espanaye. Diga-me o que acha dele.

— Dupin! — eu disse, completamente desorientado — esse cabelo é muito estranho — não é cabelo *humano*.

"Não afirmei que fosse", disse ele; "mas antes de decidirmos esse ponto, gostaria que você desse uma olhada no pequeno esboço que tracei neste papel. Trata-se de um fac-símile do que foi descrito, em um dos depoimentos como 'escoriações escuras e profundas marcas de unhas', na garganta da senhorita L'Espanaye, e em outro (pelos senhores Dumas e Etienne) como uma 'série de manchas brancas, evidentemente, impressões de dedos.'"

— Você perceberá — continuou meu amigo, estendendo o papel sobre a mesa, na nossa frente — que este desenho dá a ideia de uma força de compressão firme e forte. Parece que a pressão nunca foi diminuída. Cada dedo manteve, possivelmente até a morte da vítima, o terrível aperto que exerceu de saída. Tente, agora, colocar todos os seus dedos, ao mesmo tempo, nas respectivas impressões, tal como você as vê.

Tentei em vão.

— Possivelmente não estamos fazendo esta experiência direito — disse ele. — O papel encontra-se numa superfície plana, mas a garganta humana é cilíndrica. Eis aqui um pedaço de lenha, cuja circunferência é parecida com a de uma garganta. Enrole o papel em volta dele e tente de novo.

Fiz o que ele disse, mas a dificuldade foi mais evidente do que antes.

— Esta não é a marca de uma mão humana — disse eu.

— Leia agora essa passagem de Cuvier[34] — replicou Dupin.

Tratava-se de uma minuciosa descrição anatômica do grande orangotango castanho-amarelado das ilhas das Índias Ocidentais. A estatura gigantesca, a força e a agilidade prodigiosas, a terrível ferocidade e a tendência imitativa desses mamíferos são bem conhecidas por todos. Compreendi, imediatamente, todo o horror do assassinato.

— A descrição dos dedos — disse eu, quando terminei

---

34. Uma vez mais, Edgar Allan Poe utiliza-se de uma figura real: Jean Leopold Nicolas Fréderic Cuvier, também conhecido como Georges Cuvier (1769—1832), foi um importante naturalista da primeira metade do século XIX.

de ler — está de acordo com o desenho. Vejo que nenhum animal, a não ser um orangotango da espécie mencionada aqui, poderia ter deixado impressas as marcas que você desenhou. Esse tufo de pelo meio castanho também é idêntico ao da fera descrita por Cuvier. Mas eu não consigo entender as circunstâncias desse terrível mistério. Além disso, duas vozes foram escutadas, brigando, e uma delas era sem dúvida a de um francês.

— É verdade; e você deve lembrar uma expressão atribuída a essa voz por quase todas as testemunhas, — a expressão *mon Dieu!* Essa expressão, dadas as circunstâncias, foi caracterizada por uma das testemunhas (Montani, o confeiteiro) como sendo um protesto ou repreensão. A partir dessas duas palavras, portanto, construí minhas esperanças de uma completa solução do enigma. Um francês está a par desse crime. É possível — na verdade é muito provável — que ele seja inocente quanto à participação no sangrento episódio. O orangotango pode ter escapado dele. Ele pode tê-lo seguido até o quarto; mas, diante da agitação com que se deparou, não poderia ter recapturado o animal. Ele ainda anda solto. Não vou continuar nessas conjecturas — pois não posso considerá-las mais do que isso — já que as reflexões em que estão baseadas não têm fundamentos suficientes para serem aceitas por minha própria inteligência, e porque eu não poderia fazer com que outras pessoas as entendessem. Vamos, portanto, chamá-las de possibilidades e considerá-las assim. Se o francês é realmente inocente, como eu suponho, esse anúncio que deixei a noite passada, quando voltávamos para casa, no escritório do *Le Monde* (um jornal voltado para os interesses marítimos, e muito lido pelos marinheiros), vai trazê-lo até nossa residência.

Ele deu-me um jornal, e eu li o seguinte:

CAPTURADO — *No início desta manhã, no Bois de Boulogne* (manhã do crime), *um enorme orangotango castanho-amarelado, da espécie de Bornéus. O dono (que deve ser um marinheiro, pertencente a um navio maltês), poderá ter o animal de volta, após identificá-lo satisfatoriamente e pagar algumas despesas provenientes de sua captura e manutenção. Dirigir-se ao nº..., rua..., bairro St.-Germain - terceiro andar.*

— Como é possível — perguntei — que você saiba que o homem é um marinheiro, e que faz parte da tripulação de um navio maltês?

— Eu *não* sei — disse Dupin. — Eu não tenho *certeza*. Aqui, entretanto, está um pequeno pedaço de fita, que, por seu aspecto e sua aparência ensebada, deve ter sido usado para atar o cabelo numa dessas tranças longas de que os marinheiros parecem gostar tanto. Além disso, poucas pessoas além de marinheiros sabem dar este nó, e ele é característico dos marujos de Malta. Achei esta fita junto ao cano do para-raios. Ela não pode ter pertencido a nenhuma das vítimas. Se, apesar de tudo, eu estiver errado nas minhas deduções a respeito da fita, e de que o francês seja um marinheiro de um navio maltês, o que eu digo no anúncio não vai me causar nenhum prejuízo. Se eu estiver errado, ele vai apenas supor que me enganei devido a algum detalhe e não vai se dar ao trabalho de investigar. Mas se eu estiver certo, já terei ganho um ponto importante. Mesmo sendo inocente, o francês hesitará em responder ao anúncio — em reivindicar o orangotango. Vai raciocinar da seguinte maneira: "Eu sou inocente; sou pobre, meu orangotango vale muito — para alguém nas minhas condições, vale uma fortuna — por que então perdê-lo, apenas por receio de correr algum perigo? Ele está aqui, bem ao meu alcance. Foi encontrado no Bois de Boulogne — bem distante do local do crime. Como vão desconfiar que um animal cometeu tal feito? A polícia está desorientada — eles não conseguiram encontrar a menor pista. Mesmo que tivessem descoberto o animal, seria impossível provar que eu sabia do crime, ou considerar-me culpado por saber. Acima de tudo, *já me conhecem*. O anunciante me aponta como dono do animal. Não sei até onde vai o seu conhecimento. Se eu deixar de reclamar um bem tão valioso, que já sabem que é meu, vou no mínimo provocar suspeitas sobre o animal. Não pretendo chamar atenção, nem sobre mim, nem sobre o animal. Vou responder ao anúncio, pegar o orangotango e mantê-lo encerrado até que esse caso tenha sido esquecido".

Nesse momento, ouvimos passos na escada.

— Prepare-se — disse Dupin —, pegue as pistolas, mas nem as use nem as mostre até que eu faça um sinal.

A porta da frente da casa tinha ficado aberta, e o visitante entrara, sem bater, e subira vários degraus da escada. Agora, porém, parecia hesitar. Logo, ouvimos que descia. Dupin foi rápido em direção à porta, mas ele já subia de novo. Ele não voltou atrás pela segunda vez, mas subiu decididamente e bateu de leve à porta de nossos aposentos.

— Entre — disse Dupin num tom alegre e cordial.

Um homem entrou. Era, sem dúvida, um marinheiro, — alto, forte e musculoso, com uma expressão muito ousada, mas não totalmente desagradável. Mais da metade de seu rosto, muito bronzeado, escondia-se sob suíças e *mustachio*.[35] Trazia com ele um grande bastão de carvalho, mas, fora isso, parecia estar desarmado. Inclinou-se desajeitadamente e desejou-nos "boa noite", com sotaque francês,

---

35. Do italiano: "bigode".

que, embora soasse parecido com o de Neuchâtel,[36] indicava sua origem parisiense.

— Sente-se, meu amigo — disse Dupin. — Suponho que tenha vindo por causa do orangotango. Palavra que quase o invejo por possuí-lo; um belo e valioso animal, sem dúvida. Quantos anos você acha que ele tem?

O marinheiro respirou fundo, com um ar de alívio, e respondeu, em tom firme:

— Não tenho como dizer — mas não deve ter mais do que quatro ou cinco anos. Ele está aqui, com os senhores?

— Não, não tínhamos condições de mantê-lo neste lugar. Ele encontra-se num estábulo perto daqui, na rua Dubourg. Poderá apanhá-lo amanhã de manhã. É claro que está preparado para identificá-lo, não é?

— Estou, sim, senhor.

— Sentirei por ter que me separar dele — disse Dupin.

— Eu não gostaria que o senhor tivesse todo esse trabalho a troco de nada — disse o homem. — Não tenho essa intenção. Estou disposto a pagar uma recompensa pela captura do animal, quer dizer, alguma quantia razoável.

— Bem — replicou meu amigo — para ser sincero, tudo isso é muito justo. Deixe-me pensar! O que deverei

---

36. Região da Suíça, próxima à fronteira com a França.

pedir-lhe? Oh! Eu lhe direi. Minha recompensa será a seguinte: você me dará todas as informações que possui sobre os assassinatos da rua Morgue.

Dupin disse as últimas palavras em tom muito baixo, com muita tranquilidade. Com a mesma tranquilidade, foi até a porta, trancou-a e pôs a chave no bolso. Depois, tirou uma pistola do bolso superior interno do seu casaco e colocou-a, com cuidado, sobre a mesa.

O rosto do marinheiro ficou vermelho, como se estivesse sufocando. Pôs-se de pé e agarrou seu bastão; mas em seguida caiu de volta na cadeira, tremendo muito e com uma palidez mortal. Não disse uma palavra. Do fundo do meu coração, tive pena dele.

— Meu amigo, — disse Dupin em tom amável — não precisa ficar tão alarmado, realmente. Não queremos lhe fazer mal algum. Dou-lhe minha palavra de honra, de um cavalheiro, e de um francês, que não queremos prejudicá-lo. Sei perfeitamente que você é inocente das atrocidades ocorridas na rua Morgue. Entretanto, não adianta negar que você está, de alguma forma, envolvido nelas. Por tudo que eu já disse, você deve saber que eu tive meios de informação sobre esse assunto — os quais você nunca poderia sonhar. A questão, então, baseia-se no seguinte: você não podia fazer nada para evitar o que aconteceu, nada houve que o tornasse culpado.

Nem ao menos você é culpado de roubo, apesar de que poderia ter roubado impunemente. Você não tem nada a ocultar. Não tem por que se esconder. Por outro lado, por uma questão de honra, está obrigado a contar tudo que sabe. Um inocente está preso, acusado de um crime cujo autor você é o único que pode apontar.

Enquanto Dupin falava, o marinheiro ia, pouco a pouco, recuperando sua presença de espírito, embora seu orgulho tivesse desaparecido.

— Deus me ajude — disse ele, depois de uma rápida pausa —, vou dizer tudo que sei sobre esse incidente, embora não espere que acreditem em mim. Eu seria um tolo se esperasse isso. Entretanto, eu sou inocente e vou dizer a verdade, ainda que isso me custe a vida.

O que ele disse, em resumo, foi o seguinte: havia, pouco tempo atrás, feito uma viagem para o Arquipélago do Oceano Índico. Um grupo, do qual ele fazia parte, desembarcou em Bornéu e dirigiu-se para o interior, numa excursão de turismo. Ele próprio e um companheiro tinham capturado o orangotango. Como esse companheiro morreu, ele ficou com a posse exclusiva do animal. Depois de passar muitas dificuldades, ocasionadas pela grande ferocidade do cativo durante a viagem de volta, por fim conseguiu acomodar com segurança o animal em sua residência em

Paris, onde, para não atrair sobre si a desagradável curiosidade dos vizinhos, ele o manteve preso, até que se recuperasse de uma ferida no pé, produzida por uma lasca de madeira a bordo do navio. O que ele queria era vendê-lo.

Uma noite, ou melhor, na madrugada do crime, voltando para casa depois de uma farra de marinheiros, ele descobriu que o animal estava no seu quarto, onde tinha entrado quebrando a porta de um pequeno quarto vizinho, em que se pensava que estivesse preso com segurança. Com uma navalha na mão e completamente ensaboado, ele estava sentado na frente de um espelho, tentando se barbear, o que, sem dúvida, tinha visto seu dono fazer, através do buraco da fechadura do quartinho. Aterrorizado ao ver uma arma tão perigosa na mão de um animal tão feroz, e tão capaz de usá-la, o homem ficou, por alguns instantes, sem saber o que fazer. Porém, estava acostumado a acalmar a criatura com o uso de um chicote, mesmo quando ela estava mais agressiva, e foi a isso que recorreu naquele momento. Ao ver o chicote, o orangotango pulou imediatamente, atravessando a porta do quarto, desceu as escadas, e, por uma janela que infelizmente estava aberta, saiu para a rua.

O francês seguiu-o com desespero; o macaco, ainda com a navalha na mão, parava de vez em quando para olhar para trás e gesticular para o seu perseguidor, até que este quase o agarrou. Porém, a fera escapou mais uma vez. Assim, a perseguição prosseguiu por muito tempo. As ruas estavam muito quietas, pois eram cerca de três horas da manhã. Ao descer uma viela que ficava atrás da rua Morgue a atenção do fugitivo foi atraída por uma luz que brilhava através da janela aberta do quarto da senhora L'Espanaye, no quarto andar da sua casa. Correndo em direção ao edifício, percebeu a haste do para-raios, subiu por ela com uma agilidade incrível, agarrou-se à persiana que estava totalmente aberta contra a parede, e, dessa maneira, saltou direto sobre a cabeceira da cama. Tudo isso não demorou um minuto. Ao entrar no quarto, o orangotango empurrou a veneziana, que ficou de novo aberta.

Enquanto isso, o marinheiro estava alegre e perplexo ao mesmo tempo. Tinha fortes esperanças de agora recapturar a fera, já que dificilmente ela escaparia da armadilha em que havia se metido, a não ser que descesse pelo para-raios, quando então poderia ser interceptada. Por outro lado, havia grandes motivos para sentir-se inquieto quanto ao que o animal poderia fazer na casa. Esse pensamento fez com que o homem se apressasse em seguir o fugitivo. Uma haste de para-raios pode ser escalada sem dificuldade, principalmente por um marinheiro; mas, quando ele chegou na altura da janela, que ficava bem a sua esquerda, viu que não conseguiria alcançá-la; o máximo que poderia fazer era esticar-se para olhar para o interior do cômodo. Mas o que viu de relance provocou-lhe tanto pavor que quase fez com que caísse de onde estava. Foi então que aqueles gritos horríveis atravessaram a noite, fazendo com que os moradores da rua Morgue despertassem do seu sono. A senhora L'Espanaye e sua filha, já vestidas para dormir, estavam, aparentemente, arrumando alguns papéis no cofre de ferro já mencionado, que havia sido arrastado para o meio do quarto. O cofre estava aberto, e o conteúdo jazia no chão. As vítimas deviam estar de costas para a janela e, pelo tempo que se passou entre a entrada da fera e os gritos, parece que o macaco não foi imediatamente percebido. O movimento da janela deve, por certo, ter sido atribuído ao vento.

Enquanto o marinheiro olhava, o gigantesco animal agarrou a senhora L'Espanaye pelo cabelo (que estava solto, pois ela estivera se penteando) e começou a mover a navalha na frente do seu rosto, imitando os movimentos de um barbeiro. A filha estava caída e imóvel: havia desmaiado. Os gritos e a luta da velha (durante a qual os cabelos foram arrancados da sua cabeça) tiveram o efeito de transformar em raiva a proposta talvez pacífica do orangotango. Com um forte movimento de seu braço musculoso ele quase arrancou a cabeça dela do corpo. A visão do sangue transformou sua ira em frenesi. Rangendo os dentes, e lançando faíscas pelos olhos, ele pulou sobre o corpo da jovem e enterrou as terríveis garras na sua garganta, apertando-a até ela morrer. Nesse momento, seu olhar selvagem e irrequieto caiu sobre a cabeceira da cama, acima da qual, a face de seu dono, petrificado de horror, mal podia ser vista. A fúria da besta, que sem dúvida ainda lembrava o temido chicote, imediatamente converte-se em medo. Consciente de que merecia ser punido pelo que fizera, pareceu desejoso de esconder seus feitos sangrentos e pulou pelo quarto, tomado de uma agitação nervosa, derrubando e quebrando a mobília enquanto se movia e arrancava o colchão do estrado. Por fim, pegou primeiro o corpo da filha e empurrou-o chaminé acima, tal como foi encontrado; depois, pegou a velha e atirou-a, de cabeça, pela janela.

Vendo o macaco aproximar-se da janela com sua carga mutilada, o marinheiro encolheu-se contra o para-raios e, mais escorregando do que descendo por ele, correu para casa, com medo das consequências da carnificina, abandonando, em seu terror, toda a preocupação com o destino do orangotango. As palavras ouvidas pelo grupo que subia a escada eram as exclamações de horror e susto, misturadas aos grunhidos diabólicos da fera.

Tenho pouco a acrescentar. O orangotango deve ter escapado do quarto pelo para-raios, um pouco antes de a porta ter sido arrombada. Deve ter fechado a janela ao passar por ela. Mais tarde, foi capturado pelo dono, que obteve por ele uma boa quantia no Jardin des Plantes.[37] Le Bon foi imediatamente liberado, diante de nosso depoimento sobre os acontecimentos (com alguns comentários de Dupin), prestado no *bureau*[38] do chefe de polícia. Esse funcionário, ainda que aceitasse a colaboração do meu amigo, não conseguiu esconder sua contrariedade com o rumo que os acontecimentos tinham tomado, tratando de dizer uma ou duas frases sarcásticas sobre a conveniência de as pessoas preocuparem-se apenas com os seus negócios.

— Deixe-o falar — disse Dupin, que não achou necessário dar uma resposta. — Deixe-o falar; isso vai acalmar sua consciência. Estou satisfeito de tê-lo derrotado em sua própria casa. Entretanto, o fato de ele ter falhado em resolver esse mistério não é motivo de espanto, como supõe que seja, porque, na verdade, nosso amigo, o chefe de polícia, é muito astuto e, por isso, não consegue ser profundo. Sua sabedoria não tem consistência. Ele é todo *cabeça*, mas sem

---

37. O Jardin des Plantes (Jardim das Plantas, em português) é um jardim botânico que integra o Museu Nacional de História Natural de Paris. Uma de suas atrações é um parque zoológico e, por isso, o marinheiro teria negociado lá seu orangotango.
38. Do francês: "gabinete". O termo também significa "escrivaninha", conforme nota 20.

corpo, como as figuras da deusa Laverna,[39] — ou, na melhor das hipóteses, só cabeça e ombros, como um bacalhau. Mas, apesar de tudo, é uma boa pessoa. Gosto dele, sobretudo por seu golpe de mestre de fingimento, através do qual ganhou a reputação de ser esperto, ou seja, o jeito que ele tem *de nier ce qui est, et de expliquer ce que n'est pas*[40].

---

39. Laverna era a deusa romana dos ladrões.
40. Frase em francês, do filósofo Jean-Jacques Rousseau, que significa "de negar o que é, e explicar o que não é".

Biografia da tradutora

Mara Ferreira Jardim nasceu na cidade de Rio Grande, no Rio Grande do Sul, em 1945. Seu contato com o universo ficcional começou muito cedo, pela voz de uma tia contadora de histórias. Logo vieram os livros e a descoberta dos contos de fadas. Lobato foi o passo seguinte. Suas obras, lidas e relidas, consolidaram a paixão pela literatura, paixão que só aumentou ao longo dos anos e que a levou a cursar Letras. Dando continuidade aos estudos acadêmicos, fez mestrado em Teoria da Literatura (PUC/RS) e doutorado em Literatura Brasileira (UFRGS). Atualmente é professora de Literatura Ocidental e Literatura Inglesa e Norte-Americana na Faculdade Porto-Alegrense (FAPA). *Os assassinatos da rua Morgue* é sua primeira tradução publicada.

Outros títulos da coleção Clássicos de Bolso
Disponíveis em formato impresso e digital

VERSOS DE AMOR E MORTE
Luís Vaz de Camões
Organização, notas e texto de apresentação de Nelly Novaes Coelho
Ilustrações de Fido Nesti
88 págs. • PB • Brochura
ISBN 978-85-7596-080-6

RINCONETE E CORTADILLO
Miguel de Cervantes
Tradução de Sandra Nunes e Eduardo Fava Rubio
Ilustrações de Caco Galhardo
80 págs. • PB • Brochura
ISBN 85-7596-045-8

APETECE-LHE PESSOA? ANTOLOGIA POÉTICA DE FERNANDO PESSOA PARA LER E OUVIR
Seleção e leitura em voz alta de José Jorge Letria e Susana Ventura
Ilustrações de Eloar Guazzelli
120 págs. • PB • Brochura
ISBN 978-85-7596-510-8

☼ PeirópoliS

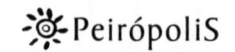

A gente publica o que gosta de ler:
livros que transformam.